时间修复师

卢欣 ◎ 著

中国·广州

图书在版编目（CIP）数据

时间修复师 / 卢欣著. -- 广州 : 花城出版社，2023.1
　　ISBN 978-7-5360-9797-1

Ⅰ. ①时… Ⅱ. ①卢… Ⅲ. ①长篇小说－中国－当代 Ⅳ. ①I247.5

中国版本图书馆CIP数据核字(2022)第197501号

出 版 人：张　懿
责任编辑：黎　萍　秦翊珊
技术编辑：林佳莹
封面设计：介　桑
封面插画：曾三三

书　　名	时间修复师 SHIJIAN XIUFUSHI
出版发行	花城出版社 （广州市环市东路水荫路11号）
经　　销	全国新华书店
印　　刷	佛山市浩文彩色印刷有限公司印刷 （佛山市南海区狮山科技工业园A区）
开　　本	787毫米×1092毫米　16开
印　　张	13.25
字　　数	163,000字
版　　次	2023年1月第1版　2023年1月第1次印刷
定　　价	48.00元

如发现印装质量问题，请直接与印刷厂联系调换。
购书热线：020－37604658　37602954
花城出版社网站：http://www.fcph.com.cn

题记

一天过去了,你看到了一次日升日落;

一年过去了,你感受了一遍寒来暑往;

一生过去了,你经历了所有的离合悲欢。

目录

第 一 章
冬 至
001

第 二 章
缘 起
021

第 三 章
潮 湿
045

第 四 章
断 裂
069

第 五 章
端 午
093

第 六 章
延 续
125

第 七 章
中 秋
147

第 八 章
回 溯
167

第 九 章
尾 声
193

后 记
一场广钟技艺的时光之旅
198

chapter 1

第 一 章

冬至

万家灯火像是星河掉落的碎片,在浩瀚无边的空间里,在不可计算的时间里,成为有温度、有亮度的一个个坐标。

01

"当、当、当……当、当、当……"

大厅里的挂钟笨拙地敲着。大概是屋小墙薄，这声音久久地回荡在大厅，也慢悠悠地传出了院子。

周炳南正在院子里择菜。一个小菜筐放在脚边，里边有已经剥了丝的红薯苗，青翠油亮，叶子一片片安然地舒展着。

这年代，有院子的房子太少了，大都是二十世纪的产物。这个院子只有十多平方米，然而有花圃、有水池、有一套精美的石桌石凳。周炳南将待处理的食材放在石桌上。他择好了红薯苗，又接着择芹菜。

院门是敞开的，不时有街坊经过。住在巷尾的陈伯在门口大声打招呼："煮饭了？"

"快了，煲着汤。"周炳南微笑着回应。手里一棵大叶芹菜，剥去叶子，然后细致地削皮。

这天是冬至，他一早就吩咐了女儿丽彤要准时回家吃饭。天气略阴，湿冷的，寒风中夹杂着雨丝。人走在雨里，会感觉湿冷之气一直浸到骨子里。这样的天气，下班时分最容易塞车。周炳南一边择菜，一边听着屋里的动静。小高压锅呼呼地喘气，香气缓慢地飘散开。

太太卢淑芬摇着轮椅从门里出来，说："群姐刚才走了。"

"知道了，她说去接儿子，一起过节。"他放下手中的活，抬头看她。

卢淑芬年初中了风，半边身子瘫痪了，如今必须有人二十四小时看护，于是请了个护工。护工群姐是外地人，在广州打工多年，家也安在了这里。冬至她请了下午的假，回家给家里人做饭。她的儿子在广州读大学，偶尔也会来玩。

"落小雨了，你回屋吧。"周炳南对太太说。他捧着处理好的菜，小菜筐叠着大菜筐，搬回了厨房。

白切鸡一早处理好了，焯了水，嫩黄色的，摆在砧板上，只等他手起刀落。多宝鱼也已经处理好了，用一只蒸鱼碟子盛着，配了姜丝、芫荽，只等女儿回来再蒸。粉丝泡好了，豆腐浸在水里，火腿肠和腊肉拌在一起，只差开火。还有一只卤猪手，上午已经卤好了，也要等女儿下班回来，才剁块摆盘。

卢淑芬摇着轮椅，摆到院门口，焦急地等待着女儿回家。

女儿丽彤是开外贸公司的，做化妆品代理生意，每天早出晚归，忙到脚不沾地。即使在家的时候，也是手机不离身，随时准备着谈生意。

这个十来平方米的庭院，被一种归家的氛围笼罩着。四周飘散的饭菜香气，说明别人家也在等待着团圆。

一直等到六点多，丽彤才进了家门。

"总算回来了，今天过节啊，还这么晚。"卢淑芬忍不住唠叨。

"就是因为过节，路全堵了。"丽彤知道父母等急了，跑着进门。一进庭院，立刻换了舒适的拖鞋，冲着厨房里的父亲大声说："阿爸，我回来了！"

"来，给阿嫲装炷香。"

周炳南走到神台前，点燃了两支拜神蜡烛。这种油烛易燃火旺，不一会儿就亮起了两团明亮的火焰，照亮了挤满相架的神台。神台上除了各式小相，还有一只小铜香炉，香炉两旁各守着一只铜麒麟。

摆在最左边的是一座精致的金丝相架，相架里的人看上去三十岁左右，脸庞只有指甲盖大小，五官依稀可见。黑白照片向来看不出什么表情，总觉得是永远微笑着的。丽彤点燃了三炷香，对着照片深深地一拜，说：

"阿爷,今年生意很不好,你究竟有没有保佑我啊?"

照片里的人依然微笑着,沉默不语。爷爷的小相旁边,是一张双人合照。照片里的男人和女人并排坐着,肩膀轻触,眼神是望向同一方向的。丽彤最喜欢这张照片了,从照片里可以看到爷爷穿着剪裁良好的西装,奶奶是精致的绲边旗袍,两个人神情相似,是一副伉俪情深、互敬互爱的模样。

周炳南又点燃了三炷香,虔诚地拜了三下。他正对着的方向,是邓佩华的一张单人照。照片里的邓佩华穿着二十世纪七十年代常见的衬衣,大概是因为上了年纪,眉目深邃了许多,眼神却变得柔和了。他呆立了半天,对着照片里的人说:"今天虽然是冬至,但是一点也不冷,这几年的冬至都不冷。"

周炳南平时为人随和,每逢年节拜祖的时候,却都是一副庄重模样。丽彤小时候他便跟她说:"你对祖宗尊敬,祖宗收到了,才会护佑你。"丽彤长大后,已经不相信这套封建迷信的说法了,但逢年过节恭恭敬敬地拜祖,已经成了一种习惯。

卢淑芬坐在轮椅上,用含糊不清的声音说:"烧点金银衣纸。"

"阿爷,今日冬至,屋企加菜。"丽彤说,"听说阿爷是大富豪,很会做生意的,怎么没有遗传一点给我们啊?"

周炳南听了直摇头,说:"做生意,哪有遗传的?"

他小心翼翼地将香插到香炉里,顺便挑去香烛上的烛泪。神台上还摆着四色祭品,一盘苹果,一盘软糖,还有时下年节常见的糍粑和粽子。周炳南将四个苹果垒成宝塔形,说:"今年冬至不冷,苹果也不贵。"

丽彤却还沉浸在上一个想法里,呆呆地说:"听说是有的。人家说,做生意的,三代都是做生意。"

周炳南不知道怎么回答她,转身进厨房去了。

厨房里响起了噼里啪啦的油爆声。他手握锅铲，专注地等待着。油烟冒起来了，他赶紧把蒜头倒下去，在油里尽情地爆香。虽然有抽油烟机，他却不怎么喜欢用。他喜欢烟火气散发在厨房的每一个角落。在这样的氛围里掌勺颠锅，似乎更能把握火候。温热的油烟蹿起来了，滚滚地往脸上扑。他把青菜倒下去，麻利地翻炒了几下，收火，起锅。

丽彤趁这个工夫换了舒适的家居服，趿拉着拖鞋，从二楼"噔噔噔"下来。

"小心着凉了。"周炳南从厨房赶到厅屋，将电暖炉打开。

卢淑芬自己转动轮椅，挪到电暖炉旁边，调到合适的温度，用含糊不清的声音说："要穿袜子。"

电暖炉的光和神台上的烛光，都是黄澄澄的，衬得屋子一下子暖了起来。丽彤望着神台上的蜡烛，若有所思，眼看着烛花大爆，她仿佛得到了一个什么好意头似的，自己笑了一下。又用香烛竿子挑去烛花，一边摆弄一边喃喃说道："阿爷，你要保佑我啊。"

虽然是三口之家，过冬也毫不马虎，鸡鸭鱼肉满满地摆了一桌子。丽彤拿起汤匙，拨开汤沫，说："好多油！"

"特意买了最好的筒骨，"周炳南忙用筷子拨开油沫，生怕女儿不吃，"这不是油，是骨髓。"

"不要不要，不敢吃了，怕胖！"丽彤还是拼命盖住自己的碗。

周炳南只好放弃了。虽然做了一桌子的菜，但最后却剩下了许多。女儿天天把"减肥"挂在嘴边，从来不多吃。太太自从中风以后，胃口突然变差了。为了让她开胃，虽然是冬天，他还专门做了一盘腌渍萝卜。

"对了，你四舅公的儿子一家说来玩，下周三到，你要不要见见？"

"哪个四舅公呀？"

周家和邓家都是大族,亲戚众多,表叔表舅的数量多得数不清,丽彤从来就没搞明白过。周炳南只好又对她解释:"你奶奶是五兄妹,她是老三。你四舅公是海南那个。你小时候见过的那个是四叔公,他是你爷爷的堂弟。"

丽彤想了半天,摇摇头,表示仍不明白这些亲戚关系。

"总之,这个是我启荣舅舅的儿子。启荣舅舅已经去世了,但他儿子——就是我表弟,你的表叔,逢年过节还是会打电话来问候。"

他解释完之后,忙着给太太夹菜。卢淑芬自从中风以后,就一直有手抖的毛病,经常连菜也夹不稳。平时两个人吃的时候,他都会把菜切成丁,碎得可以用勺子舀。因为今天是过冬,他还是按照习惯,统统做成传统菜的模样。

"公司生意怎么样了?"他看女儿吃得不香,忍不住问道。

丽彤的外贸公司规模很小,主要代理英国的一个小众化妆品品牌。她在化妆品行业已经做了许多年了。当年大学毕业后,就进入一家外资企业,后来年纪大了,觉得年龄大的职员在公司遭到了排挤,只好自己出来创业了。

"不太好,"丽彤摇摇头,说,"付完房租水电和人工费用,基本不剩多少。"

她晚上经常不回家吃饭,说是店里走不开。老两口完全没办法。

周炳南欲言又止。他年轻时是国营印刷厂的工人,一直干到退休,对于做生意之类的一窍不通。假如是纸张生意就好些,或许还能帮得上忙。但丽彤做的是化妆品生意,他就真的一点办法也没有了。

一家人都极有默契地,没有提到霍晓光这个名字。霍晓光是丽彤的丈夫,二人感情一直不好,现在已经分居了,正准备协议离婚。周炳南虽然是个传统的人,但在这件事上,却是支持女儿的。当初他们结婚的时候,他就不同意,双方背景、性格相差太大,迟早会发现合不来的。

"多吃点,"周炳南忍不住唠叨,"成日在外边吃,不好,外边做的菜调料太多。"

然而丽彤匆匆吃了两口,又去看手机,忙着回复几个信息,一副心不在焉的样子。

周炳南只好给太太夹菜,边吃边跟她念叨今天在菜市场的见闻:"冬至就是不一样,早上鸡摊挤得转不过身来,都在等着现杀。鱼一早就卖光了,叉烧倒还好……"

丽彤扒了点鱼,却又放下了,摇摇头,说:"鱼咸了。"

"哪里,才放了半勺盐,还是蒸之前放的。"周炳南尝了尝,不同意女儿的说法。

"不要放这么咸,容易高血压。"丽彤提醒说。

吃过晚饭,周炳南陪着太太看电视。丽彤回到楼上小房间,把门关上了。她的那个房间不大,才十二平方米。当初结婚的时候,霍晓光嫌窄,常催丽彤搬出去,好在后来也没有实行。丽彤倒是从小到大从来没嫌过房间小,可能是住惯了。

窗外有风呼啸,有一阵没一阵的。都说广州的冬天不冷,但是有雨的时候,还是有一种渗到骨头里的阴湿。周炳南夫妇在厅屋看电视。本地台的新闻是简洁明快的,刚报道了冬至的菜市场,展现一派热闹、团圆的氛围,立刻就转播了一则骇人的交通事故,语调低沉。周炳南洗了水果,慢慢切着,等着看新闻过后的八点档。

丽彤舒服地躺在床上,一边听着电视声,一边抓着手机玩。窗外一阵呼啸,她推开窗户,看见杂乱的电线杆。从电线杆之间望下去,是湿冷的夜。陆陆续续的人影，简直看得见他们正在打哆嗦。然而，也还是能清晰地感受到，一种穿透夜色的俗世的温暖。丽彤在窗前呆呆地张望，心想，这种温暖之感是从哪里来的？她想了半天，觉得应该是来自各家各户窗台上透出的灯光。暖黄色的光晕染了水汽，屋宅檐角的轮廓在夜色中若隐若现。风，本是呼啸而过，在街头巷尾之间游历一番之后，竟变得轻柔起来。天不是黑的，是幽蓝色的，带着氤氲的雾气。万家灯火像是星河掉落的碎片，在浩瀚无边的空间里，在不可计算的时间里，成为有温度、有亮度的一个个坐标。

这样平和、安详的冬至，对于周炳南来说，已经是足够了。自从太太生了病，他唯一的愿望，就是一家三口平平安安。

02

周怀深年轻的时候,是一个讲究生活和品位的年轻人。

他家住在西关逢源路上,是外表很气派的洋房,内部更是讲究,完全是按最时兴的中西式结合布置。每天早晨,他起了床,先要到父母房里问好,请安,敬茶。

这天早上,他起得晚了。起来以后,母亲跟他说,父亲已经到商行开会去了。

"咁仲好,唔使见到佢。"他很高兴,自己一个人坐在餐桌前吃点心。他喜欢中式的清粥,配西式的面包。面包是母亲一大早上街去买的,香甜松软,散发着一股浓郁的奶香味。父亲吃不惯西式早点,早上喜欢喝白粥,就荷叶糯米饭。

"当、当、当……当、当、当……"大厅里的钟敲响了。

他站起身,整理好衣襟,将衣服上的面包屑抖落。他是一个讲究仪表的年轻人,每天穿西装,蘸发油梳背头。走过大厅时,他特意侧过脸,仔细看了看镜子里自己的样子。

"他吩咐你把这批货退了。"母亲递给他一张纸。自从儿子学做生意后,她就不太能跟他说上话。儿子虽然年轻,看上去轻浮散漫,但很有经商天赋,帮着父亲在商行做事,每天车进车出的。

周怀深吃过了早餐,并不急于去商行,而是在客厅里半躺着,泡了茶,摊开报纸慢慢地看。

"佢今晚唔番嚟吃饭,你想吃乜嘢,我让菊姐去买。"母亲冷眼旁观,担心他就这样一直看着报纸不出门。

昨天是冬至,一家人按规定回来吃饭,父亲却在宴席上毫不客气地数落了两个儿子，周怀深差点跟他吵起来。好在"冬至大过年"，看在过节的分上，并没有发生大的争吵。哥哥一家已经自立门户了，而他因为没成家，还是跟父母亲住在一起。他今日起得晚了，也是不想跟父亲见面。

本地报纸是横七竖八的，划分成很多小版块。报纸上的新闻多半是国内外局势，分析战事上的部署。还有几个娱乐版块，报道本地的家长里短，还有影戏明星们的动态。周怀深略翻了翻，没有看到自己感兴趣的新闻，便丢到一边了。

"要不要饮杯茶再走？"家里的女佣菊姐端了茶盘出来。

"不用，我现在就出去了。"

他招手让菊姐过来，告诉她："这个信封是送给大新公司的李老板的，小心点，里面是票据，不要搞丢了。这里两个包裹都是一样的，小礼物，地址在上面了，记得让成哥送到，一定要交到本人手里。"成哥是家里的司机，专门负责给家里送人、送信。菊姐对于这些指令都是十分熟悉了，连忙点头。周怀深在门厅换了皮鞋，就急匆匆地出去办事了。

下午他回到家时，父亲又出门了。父亲是大半生都在生意场上打滚的，晚上多半有应酬，家里只有母亲和他吃晚饭。母亲转达了他父亲的许多意见，例如之前进口的一批打火机已经卖完了，急需补货。大新公司说他们的分店缺货了，这几天一直派人来催。母亲是家庭主妇，不知道这是些什么事，只会如实转达。只有一件事，她是明白的。等到前面的事情都一字不漏交代清楚，她才平静了心绪，用极心疼的语气说："你阿爸说，你的婚事不能再拖了。他睇啱了几户人家，最属意做胶鞋生意的邓家。这个周末，他要带你去应酬，正好见见邓小姐。"

周怀深略停顿了一下，不敢作声。他知道自己是到了该成家的年纪了。他是家里最小的孩子，哥哥姐姐们不但已经成家，孩子都挺大了。

"照片你见过的，上次不是拿了给你看？你说不错的。"母亲仍旧絮絮叨叨。

周怀深对于自己的终身大事是很重视的。他虽然表面上不说，但心里早就盘算过了。自己在学堂读书，应该找一个同样爱读书的女孩，性格要开朗大方，要能说得上话。但最好又要像母亲一样，懂得打理家头细务，照顾一家人的饮食。听说邓家小姐也是从教会学校出来的，受过正式教育，可是毕竟没有见过。

周怀深略点头，又摇摇头，说："照片那么小，又模糊，哪里看得出是美是丑。"

"你阿爸说，这个邓小姐，真人比照片还漂亮……"

周怀深并没有将这件事放在心上，但他还是十分顺从地跟随父亲参加了商会活动。邓老先生跟邓公子都见过了，邓小姐因为临时有事来不了。邓启荣是家里的第四子，也是跟着父亲做生意。看他一副仪表堂堂的样子，他的家姐大概也长得很好看。

周怀深与邓启荣一见如故，两个人都是在教会学校上的学，喜欢西洋音乐，喜欢看电影。邓启荣也有意无意地提起姐姐，说："我家姐也喜欢睇戏。"老一辈人说的睇戏是指看粤剧大戏，而年轻人说的睇戏是指看电影。

周怀深点点头，他觉得邓家四公子十分和气，家教很好。

认识了以后，周怀深常约邓启荣一起出去玩。他们年纪相仿，爱好也相似，还同样跟着父亲做生意，聚在一起能聊个没完。

有天清早，周怀深开车去接邓启荣，约了一起去茶楼饮茶。这天风和日丽，很适合出外游玩。他们打算吃饱喝足了，再一起回商行开会。

小汽车一路疾驰，特别是过了城西之后，道路变得宽敞起来。邓家是自主建的私宅，七弯八拐的，还有点远。他一路疾驰，差点撞到一个油煎摊子上。

那个油煎摊子是个小推车，在路口随意一放，几乎堵了半条道。摊子旁边坐着一位妙龄少女，直接坐在马路沿上。周怀深向来不注意这些，可是那天不知怎么的，突然觉得那个姑娘特别显眼，穿着颜色柔和的蕊黄旗袍，白色皮鞋向前伸着。姑娘是一张清秀的脸，微微仰着，迎着阳光，在那里吃油煎饼。

到了邓家门口，邓启荣已经在等着了。周怀深有点心不在焉的，莫名问了一句："你们家门口怎么会有野摊子？"

"有人不知道生意路数，胡乱跑过来的吧。"邓启荣说，"我阿爸从来不许我们乱吃东西的。"

他们两个正说着，周怀深突然觉得心跳加快。一个蕊黄的影子直扑入眼，他转头一看，看到一个黄衣姑娘缓缓向他走来。

姑娘走近了，略微一点头。人是高高瘦瘦的，扎麻花辫。眼睛细长，鼻子高而挺，颧骨略高，显得侧面像山棱似的。她的神态十分淡定，笑容满面，是一种诗书人斯文的笑。

邓启荣挥挥手，露出讨好的笑容，说："家姐，你回来了。要不要坐车一起走？"

周怀深吓了一跳，没想到就这样遇到了她。

邓佩华摇摇头，说："不用了，我自己走着去。"

周怀深出神地望着，嘴角不由得浮出一丝微笑。

邓佩华从来没见过周怀深，并不知道他是谁，以为是弟弟的朋友，以一种考察的眼光将他从上打量到下，说："这么好的天，你们出去玩？"

"我们一起去商行开会的。"邓启荣脸红了，忙着解释。

她略一笑,仿佛不打算拆穿他的谎言似的,招招手,自己一个人走了。

周怀深点点头,目送着她的身影在远处消失。

邓启荣解释说,现在是她在打理邓家的成衣店,出入货和财务管理全靠她。

周怀深更觉得这是个不一般的女子。他认识的读中学的女孩不少,但是受过教育还在社会上工作,自食其力的女孩就很少了,何况她就那样坐在路边吃油煎饼。这样的惊鸿一瞥,令他印象深刻,她那美好的身影,已经深深地印在了他心里。

晚上吃饭的时候,他忍不住对母亲说:"我今天见过邓小姐了。"

"觉得点样啊?"母亲紧张地问。

"仲可以,很瘦。"

他与邓启荣谈了半天,得知他家姐的许多"逸事":从小就跟着父亲做生意,十八岁便开始在门面帮忙。她喜欢读书,文科成绩极好,算术也快,如今成衣店里的账目,全靠她一人打理。邓家本来是做布料衣物生意的,有人来找邓家投资胶鞋,父亲想都没想就拒绝了。全靠邓佩华眼光独到,一力说服家人。没过几年,胶鞋厂已经成为邓家最大的产业。

周怀深不由自主地脸红了,他知道自己心里已经藏了一个倩影。既然注定要在父母属意的人里边选,他很高兴遇上了邓小姐。

"那正合了你阿爸的心意。我明天就找人去说媒。"

"也不用那么快。"周怀深摇摇头,觉得自己一点都不理智,仿佛中了邪。

"哪里快了,想想你自己年纪多大了,好不容易遇到个中意的。"

周太太十分心急,当天晚上,就等到丈夫回来,将这件事好好商量一番。周敬亭自然也是乐意的，立刻就说要"找邓公表明心意"。

然而过了几天，周怀深回家，却看到送去提亲的礼品全都退了回来。

"说是邓小姐不愿意……"周太太气得说话都发抖了。她毕竟是做了多年大户人家的太太，平时看着好脾气，但也是要面子的。这次特别郑重其事地请了本地最贵的媒婆，带了礼金和布匹绸缎，给自己最宠爱的儿子说媒，没想到竟然会被拒绝。

"她不愿意，便算了。你不是常说，好男儿何患无妻！"

周太太还在气头上，说："这几年不知多少好人家找上门来，从来只有我拒绝人家，哪里想到被人家拒绝的。"

周怀深淡淡一笑，扭转头，举起报纸遮住了自己的脸。

他与邓启荣见面，才知道原来聘礼是邓小姐自己退的，她说自己已经有了心上人了。"我多希望跟你成为一家人，可是家姐她又发神经了。"邓启荣无精打采地诉说着他姐姐的不懂事。

"她不愿意，便算了，时代不同了，现在男女婚嫁也是讲究自由，不能盲婚哑嫁的。"

"唉，你不知道我家姐，脾气很倔。"邓启荣还忙着解释。

周怀深反而要开导他，说："有缘无分，也不需要勉强。"

周怀深正在筹备自己开一家外贸行，做洋货的代理生意。周敬亭的生意虽然大，却是电器类的。时局不稳当，眼看着商行里的人都惴惴不安，忙着收拢资金，哪里还敢再扩张。周怀深筹谋了很久，打算开一家代理进口药品的商行。他忙着张罗这件事，希望借此能忘掉邓小姐。

然而自从心里有了她，便觉得整个世界都是她。他去商行，看到穿得西装革履的朋友，一打听，才知道人家的西服向来是在邓小姐的店里做的。他去大新谈生意，正好路过她的铺面门口，也不知是不是错觉，他看到一个清瘦的身影印在玻璃窗上,仿佛云端里映着的月亮。他简直不敢约邓启荣,看到他,就想起他姐姐。他的眼睛、鼻子,跟他家姐长得是那么像。

过了几天,据说她看上了一个在钟表店工作的伙计,因为家里反对,还计划着私奔,幸而被家里的用人知道了。

周怀深就跟自己的父亲说:"以后唔好再听到邓小姐的事,亦唔想见到佢。"

03

霍师傅走进博物馆大院时，墙上的钟正好敲响了九下。

"当、当、当……当、当、当……"

清脆的钟声回荡在整个院子里。

打开办公室门，又是一阵"当、当、当……"。他略皱了皱眉，拍拍额头，说："慢了一点啊。"桌上放着一座老式自鸣钟，钟摆还在左右晃动。这时，博古架上另一座自鸣钟又响了。

"当、当、当，当、当、当……"声音此起彼伏。

霍师傅走到工作室的另一头，把所有电闸打开。每天早上都是这样的习惯动作，他拉开窗帘，让阳光微微地照在工作台上。几个常用的工具箱打开来，他先摊开机油布，再将大大小小的刷子、钳子轻轻拿出来。这里是十三行博物馆的一个修复中心。广州十三行过去是专做洋行生意的，有一段时间，大量进口来自西方的自鸣钟。也因为这个生意，带动了整个广州的钟表制作技艺发展。在十九世纪末期，广州已经有了成熟的钟表制作技艺，广式自鸣钟的工艺十分精湛，外表装饰色彩艳丽，代表了机械时代的最高工艺水平。

冬日的阳光斜斜地照在那些零部件上，反射着金属特有的银质的光。他将正在修复的一架铜镀双象钟细心地摆正了。这是一件从去年下半年就开始修复的作品，现在已经进入收尾阶段。这个物件，刚收到的时候，残缺不全，简直可以说是一堆破铜烂铁。可是现在，经过霍师傅的精心修复，不断地修补调试，已经呈现出了它原有的样子。

霍师傅小心翼翼地掀开保护膜，安静地审视着，然后翻开修复日志，检查还有什么遗漏的。钟表的零件繁多复杂，需要十分小心细致。稍微一点差错，就有可能导致后续一系列烦琐的补救措施。

时间一分一秒地过去了。在那个橙黄的表盘上，三角状的分针缓慢地爬起，秒针每动一格就嘀嗒一声。窗外不时有响动，是上班的同事陆陆续续地进了院子。霍师傅将修复工具一一摊开，逐件擦拭。苏师傅也来了，穿一身淡灰工装，头发梳得一丝不苟，看上去像一个有多年教龄的历史老师。

"晓明，那个定做的塔盘轮还没到吗？"苏师傅皱了皱眉。

霍师傅摇摇头，说："已经寄过来了，快递在路上呢。"

钟表修复就是这样，每一个零件都很关键，有时缺少一个零件，就要多等十天半个月。霍师傅端坐在工作台前，用机油软布擦拭锉刀。几个纤瘦窈窕的身影从走廊晃过，她们是博物馆的讲解员。

霍师傅向她们点头微笑，礼貌地道了一声"早"。突然"哐啷"一声，在并排的几座钟表之间，打开了一扇小门。这对玻璃门位于钟表下方，随着钟摆响动，玻璃门被打开，一个带着鼓的人偶缓缓转了出来，举起手中的鼓槌，"咚隆咚隆"地敲。

"这座是刚装配好的，还没调。"苏师傅解释说。霍师傅点头表示理解。手机突然"当、当、当……"地响了。苏师傅惊讶地望着，说："成天听这一屋子的钟敲的，还听不够？"

霍师傅无奈地摇头。听铃声，他就知道是母亲打来的。

"昨天晚上去你二姨家过冬，家里的亲戚们都关心着你们兄弟俩呢。工作怎么样了？自己住的地方一定要收拾好。都跑到广州去了，把我一个人扔在乡下。"

母亲一个人絮絮叨叨地说着，霍师傅只好"嗯嗯"不停。"你哥也不理我，你嫂子就更不用说，半年也没有一个电话打来。没关系，反正我也不想跟她说话！"

窗外一阵喧哗，十点左右参观的人数是最多的。几个讲解员匆忙而过。霍师傅在人群中看到了周丽瑜，他略点头，算是打招呼，丽瑜冲他挥了挥手。

丽瑜是准备去做讲解了。她在这个博物馆工作了多年，已经是资深的讲解员了。她走路轻盈缓慢，说话也是这样。刚认识的人，能立刻感觉到她的性格沉稳、淡定，不管发生什么事，都不会令她惊慌失措。认识久了，也会感受到她性格中热情、友爱的那一面。霍师傅安静地坐在窗前，望着眼前时针、分针有序走动的钟面，不由得涌起一丝笑意。

十三行博物馆开馆时间不长，馆内所有藏品都与广州十三行发展的历史有关。博物馆同时挂牌成立了历史文化研究所，有利于更好地收集、研究文物资料。馆里根据藏品的特点，组建了修复中心。霍师傅进入修复中心以来，源源不断地接收着需要修复的广式传统自鸣钟。

十分钟之后，丽瑜推开门，走进了修复室。

"怎么，不是去做讲解了？"霍师傅向她略点头，放下了手里的工具。

"陈大姐去了，说是领导特意安排的。"丽瑜微笑着回答。

"听说都是一些退休老人，她去讲解正合适，"霍师傅随口问一句，"吃早餐了吗？"

丽瑜点点头，不作声，斜靠在工作台前。

"要不喝杯茶？"

修复室分内间外间，内间是恒温恒湿的，放着各种精密仪器，外间要求没有那么严格，主要作基础修复。于是，他们在外间用屏风隔出了一个休息区域。师徒俩干活累了，就到外间坐坐，喝口茶。

"师父，我这里有朋友送的单丛，要不要试试？"霍师傅转向里间，殷勤地问。

"不用不用，我喝惯了乌龙。"苏师傅说着，已经走出来了，熟练地拿出茶叶罐,舀出两勺茶叶,放进玻璃杯里。

"当、当、当……当、当、当……"随着十点钟的准时到来,所有的报时钟都启动了,然后是一些独特的打点的音乐声:"丁零零、丁零零……"茶的香气也弥漫了整个修复室。

突然,"当"的一声,把他们都吓了一跳。

霍师傅刚接了热水,茶杯一晃,滚烫的茶水从杯子里溅出来。他吃了烫,赶紧将杯子放下。

"这只钟,还没修好,又坏了!"苏师傅摇摇头,赶紧走到钟表堆里,将一只还在"当当"响的钟拎出来,起开钟盖,拆下柄轴,取出了机芯。

"不听话,就把你拆掉。"霍师傅笑着说。

苏师傅也向丽瑜打招呼,从橱柜里取出一个包裹,说:"老家带来的糍粑,尝尝。"

丽瑜摇着手拒绝,说:"谢谢了,我一个人不开火,还是留着你们吃吧。"

"电饭煲热一热就可以吃了,"苏师傅执意要送,说,"快过年了,家里新做的,特意带来给你们尝尝。"丽瑜觉得再拒绝就不好意思了,忙双手接过,向苏师傅道谢。

苏师傅连连摇头,说:"不用客气,你要觉得好吃,过年回去我再拿一些来。"

阳光斜斜地照着,桌面上的规尺、板牙隐隐反射着银光。苏师傅正在修复一个小齿轮,将指甲盖大小的齿轮夹在卡盘上,放到显微镜下,归零校正。丽瑜一边说话,一边不时看看表。面对着一屋子的钟,总是想确定它们到底准不准。修复室里挨挨挤挤的全是钟表,来这里的人,都难免感染上这种毛病。

"这只钟,需要修到什么时候?"丽瑜喝了茶,指着桌子上正在修的一座钟问。这是一座铜鎏金转花雀笼钟,送过来的时候,不过是一堆破铜烂铁，如今已经很成样子了。

"还要一个月左右吧。主要是铜雕花瓣难做，现在正在等打铜师傅制好了送过来。"

霍师傅微弓着身，坐在工作台前。他掀开保护膜布，凝神观察了一会儿，然后找出了一把极尖细的钟表专用钳子。

一片圆形的齿轮，用钟表镊子稳稳地夹住。这个齿轮要放在机轴擒纵机构里，还要跟游丝连接，难度很高。他屏息凝神，以娴熟的手势、极稳的力道，将零件安放下去。

这古老的座钟，仿佛一个正走向衰老、缺乏动力的老人一样，一声不吭、安静地等待着救治。霍师傅放下钳子，换上更尖细的镊子。仍然是屏住呼吸，极轻极慢地伸向机轴。丽瑜担心惊扰到他，站在更远的地方，伸长脖子，安静地张望。只见镊子尾微微动了几下，极细微的，立刻又静止了。霍师傅轻微地呼了一口气，说："固定住了。"换了一把针管大小的螺丝刀，把螺帽旋上。略缓缓，又换了一把更小的镊子，将指甲盖大小的齿轮放了进去。

丽瑜忍不住探过头去，吃惊地说："这么细微的功夫，是怎么做到的呀！"

苏师傅在一旁笑，说："小霍有天赋。"

毕竟现在做钟表修复的少了，整个广州能做这个的，不过三五个人。

chapter 2 ────────

第 二 章

那一定是一种安静的美好,两个人各做各的事,但都意识到对方的存在。偶尔相视一笑,什么都不用说,都明白了。

04

  冬至过后，天亮得早了，白天的时间变得越来越长了。

  周炳南是每天早上准点起床的，对于光线的明暗变化、太阳升落位置的改变特别敏感。腊月的时候，六点钟天还没亮，院子里是暗的，要摸着黑去厨房，在老式电灯泡底下烧水、淘米，哆哆嗦嗦地打开灶火，直到粥熟了，才感受到阳光亮起来。可是慢慢地，天亮得越来越早。这天早晨，六点刚过，他披着单衣走出院子，看到天边已经一片明亮了，有淡黄色的霞光徐徐地落在院墙上。

  温度上升了，一天天地变暖，老人家也可以脱下羽绒服，换上薄棉衣了。

  去拆迁办签字后，搬家立刻提上了日程，接下来要办理各种迁出手续，比如注销水电户头。根据文件上的规定，时间不能拖得太长。周炳南在一个毛边工作簿上逐一列出要办理的事，年纪大了，记性变差了。

  这座房子至少也有五十年的历史，是父亲留下来的，他去世后，房产证上改成了母亲的名字。母亲去世之前，写下遗嘱，房子留给他。因为是他照顾母亲到最后，两个姐姐都没有异议。他从抽屉里找出了合同，看到上边有自己二十年前的签名。

  三表哥和他的儿子一家来广州旅游，他十分上心。大家都老了，见一面不容易。周炳南跟邓敏忠小时候经常一起玩，一见面，就觉得小时候的回忆全回来了。邓敏忠的儿子跟丽彤差不多大，但已结婚生子了，这次是一家人齐齐整整来的。两个孩子，大的四岁，小的才一岁。周炳南看着两个活蹦乱跳的孩童，十分羡慕，想自己不知还有没有机会和儿孙辈一起去旅行。

  周炳南替他们安排了几个景点，表示自己可以全程陪同。邓敏忠摆手说不用，说自己还都记得。他只好带他们去吃广式早茶，去最老牌的广式茶楼，吃叉烧包、虾饺、糯米鸡。邓敏忠很高兴，每个景点都停留许久，跟自己儿子说："这间茶楼，我小时候就来过呢。"他是在广州出生的，十五六岁时去海南岛做知青，之后就留在了那里。

邓敏忠半闭着眼睛，细数几十年前的往事："你小的时候，一点也不调皮，斯斯文文的，不管怎么怂恿都不会逃学。"他感慨地说，掏出手机，给大家看老照片。

照片用手机翻拍了，周炳南在照片里看到了小时候的自己，长着一张圆脸，穿一条粗布背带裤，挤在一群表兄弟之间，努力地露出半个脑袋。不知不觉半个世纪就过去了，大家都要努力回忆，再加上照片的帮助，才想起一些零星的片段。

喝了早茶回来，周炳南手里多了一抽打包的点心。卢淑芬现在的胃口远没有过去好了，但他还是希望她能多吃，吃得好身体才会好。

群姐麻利地接过他手中的包裹，问他中午要做什么菜。群姐是卢淑芬中风后，特意请的看护。她是外地人，瘦高个子，手脚麻利，到广州打工二十多年了，已经在这里安了家。

一楼吱吱呀呀地响了起来，租户提着几个塑料编织袋出门，说是准备搬了。

这个租户已经住了三年多，是一个理发师傅。也是图便宜，才会租这样又黑又窄的旧楼。租期已经到了，理发师傅很希望能继续住下去，然而没有办法。周炳南耐心地向他解释，已经把房子卖给政府了，随时准备搬迁。理发师傅走的时候，一脸的失望。他在这里住了三年多，周炳南一直没有加租——也算是一种惯例吧，租开了的，一般都不轻易加租。

周炳南帮忙把他的行李搬出去，有一部分来不及搬的，允许他过几天再来收拾。这个租户平时很爱干净，早出晚归，对周家的生活几乎没有影响，是个特别好的租户。

房子马上就要交出去了，再过几个月，这里就要被夷为一片平地。周炳南环望四周，觉得很舍不得。可是舍不得也没办法，总不能一辈子住在这里。他在市郊有一套房，宽敞明亮，面积也很大，一家人住绰绰有余。但因为地段偏远，丽彤不好一起搬过去住。还有就是群姐也不一定愿意过去，她的小孩还在市区里读书。周炳南一直拖延着没跟她谈，怕谈不拢，现在想找到好的护工还是不容易。

"这个月就要开始收拾了，"周炳南说，"先打扫卫生，把零碎的东西搬过去，不能搬的就卖废品。这个家住了几十年，积积累累的实在太多。"

卢淑芬吃力地点头。中风之后，她不仅行动不便，连脑子也不太好使了。这要在以前，她想得比周炳南还仔细。

"很快楼盘会建起来的，"周炳南安慰说，"电梯房，方便轮椅上落。"卢淑芬将轮椅摇到他身边，吃力地挤出一个笑脸，说："一家人在一起，总能熬过去的。"

虽然是个不大的地方，可是要收拾好，还得忙碌很长一段时间。楼上楼下都有存东西的杂物房，而且很久没开过了。他缓缓地走进去，就像走进一个尘封已久的旧世界。杂物房里层层叠叠的，什么物件都有，甚至有母亲用过的纺纱锤。他记得那是四十几年前的事了，那是最困难的一个时期，母亲想尽办法，拼命挣钱来养活他们三个孩子。

这么多东西，总不能都扔掉吧。他一件件地翻着，觉得都是一些年代久远，随时代自然淘汰了的东西，却也舍不得扔掉。每一样东西看起来都有回忆。这样连着忙碌了几日，进展缓慢，简直像没有收拾过一样。

卢淑芬摇着轮椅，跟着忙前忙后。她知道他的性格，那些旧物收拾起来，没有一件舍得扔的。"要扔了，新房子不能带进去。"卢淑芬看着直摇头。

他收拾了半天，完全不见成果。很多东西已经决定要扔了，回头一想又拾回来——用力地擦去了表面的尘埃，然后洗洗刷刷，用旧报纸包扎起来，装在密封箱里，打算留作纪念。

这么一来，事情更多了，他忙得满头是汗，蹲在院子里的水龙头下，刷洗了半天。卢淑芬本来是帮着打下手的，后来实在看不下去了，自己吃午饭，睡午觉去了。

午觉之后，天气有些闷热。周炳南端了一张小板凳，坐在门口，缓慢地摇着蒲扇。陈伯经过，进来讨了一杯茶喝。陈伯也要搬了，满心惆怅，说住了几十年了，搬了就再也找不回来了。

两个老人家絮絮叨叨半天。茶是普通的铁观音，茶具却是一套传统的镶金边白瓷茶具。陈伯望着那玉白杯子里浮起的片片茶叶，直夸周炳南的茶好。这么一晃下午又过去了，周炳南还是继续收拾旧物。然而杂物房里真是什么都有，包罗万象，年代久远，都藏得好好的。他辛苦地翻检了很久，只清理了一个很小的角落。

在一堆破旧衣服之中，安静地摆着一样东西，引起了他的注意。

他仔细打量着眼前的破钟：看上去灰扑扑的，几乎全是铜锈。但是仔细看，还是能看到透明的表盘。底座是天蓝色的，浮着一些类似云彩的图案。钟表下部是两扇对称的小门，门上镶嵌的是玻璃，左边已经没有了，右边还算完好。门里边也是对称的，每边都站着一个人偶，大概是铜制的，表面布满了锈迹。他依稀记得，小时候这座钟还是会动的，会唱歌，有叮叮当当的声音，从里面走出来两个小人，转了几圈又退回去。

已经是许多年前的记忆了，如果不是亲眼看见，他是再也记不起来了。他开始努力回忆，依稀记起一些模糊的片段。这是一座货真价实的古董钟，小时候是放在大厅正中的。母亲说这座钟非常金贵，从来不让他们碰。对了，他还记起了前几天报纸上说一座古董自鸣钟在国外的拍卖会上拍出了天价。

如果真是一座古董钟，那能卖多少钱呢？

"要做饭了。"卢淑芬摇着轮椅过来，没好气地说。

群姐不在，周炳南就要担负起做饭的重任。卢淑芬是好意提醒，他却是在兴头上，停不了手，说："再等一会儿。"

"太阳落山了，至少先把米淘了。"卢淑芬不满地说。

"再等一会儿，也不饿。"

"你一天吃到晚，当然不饿了！"卢淑芬生气地说。

周炳南停不了手，还在仔细观察着，用一条破抹布擦了几下，试图擦得光亮一些。

不一会儿，就听到厨房里哐啷一声。他赶紧跑出去，原来是卢淑芬试图淘米，结果不小心把电饭煲胆摔了。

"说了我来做，你干吗乱动！"

"你不是正忙着吗？都喊了几遍了！"

老两口吵吵嚷嚷的，你一句我一句停不下来。人一旦上了年纪，说话就难免细碎。两口子一吵起来，又特别容易翻扯到以前的矛盾。

晚上丽彤回来时，夫妻俩已经和好了。但卢淑芬还是忍不住跟女儿抱怨："你阿爸这几天都躲在杂物房里，不知道想干什么。"

周炳南告诉她事情的经过，也向女儿抱怨："你妈就是脾气大，迟五分钟都不行。"他解释了这几天忙的事情："东西太多，实在舍不得扔，扔了就找不回来了。"

丽彤对于那些旧物的感情并不深，她劝父亲："都是些用不着的，统统扔掉算了，没必要把家里变成仓库。"

"说得轻巧，那里还有晓光存着的东西呢，扔不扔？"一时嘴快竟然提到了霍晓光，周炳南立刻感到后悔。两个人分居已经快一年了，但只要没正式签字，还是名义上的夫妻。

霍晓光和丽彤的婚姻，来得非常突然。他们俩曾经是同一家公司的职员，那家知名企业规模大，部门多，两个人平时并没有交集。丽彤是辞职之后，才意识到有这么一个人。有天她自己亲自开车去送货，在转角处停下来时，正好看到他坐在路边吃油煎饼。

她那时正处在创业之初，每天都面临着无数要解决的问题，情绪十分低落。可是当看到霍晓光坐在路基上高高兴兴地吃着油煎饼时，她突然觉得心情开朗了，眼前的一切麻烦都变得不重要了。

"我只记得小时候吃过，好多年都没见过了。可是他一个人在路边吃，远远看着就很香。"丽彤感叹。她就是那样一见钟情的。

两个人交往了几个月，就决定结婚。在丽彤筹备店铺开张的阶段，霍晓光帮了很大的忙。结婚之后，小两口就住在丽彤的房间里。地方虽然小，但是这房子位于市中心，上班方便。后来日子长了，霍晓光开始有些不满，说他们一家人在一处呜里哇啦，自己完全听不懂。

"他就是不想学，想的话怎么都能学会。"丽彤也十分不满，她觉得霍晓光从来没有想过怎么融入这个家庭。霍晓光换公司后，借口离家远，直接搬到了公司宿舍。丽彤也不留恋，把他的东西都扔到了杂物房里。

有一段时间，家里为了迁就霍晓光，规定了只说普通话。然而几十岁的老人了，总是一不小心就忘了。就算是说普通话，他们那浓重的广式口音，他也听得费劲。后来霍晓光一回家就把自己隔离得远远的，家里人说什么,他一律装作听不懂。

丽彤现在说起来,还是很气愤。周炳南知道她最近心情很差。店里的生意很不好,总部一直给她压力。丽彤在家里总是不停地打电话,说的是英语,周炳南听不懂。但是听她的语气,非常着急,仿佛在拼命解释什么。他忍不住问丽彤,才知道总公司认为她经营得不好,影响了他们的品牌形象,打算终止合作。

春节的时候,丽彤说要旅游过年,一个人去了英国。只有老两口在家,顿时显得冷清了很多。特别是年三十晚上,周炳南做了一桌子的菜,可是丽彤不在,群姐也不在,只有卢淑芬拼命地吃,结果也是剩下了好多。

大年初一,丽彤从英国打电话回来拜年。然而周炳南觉得不开心。家里多少年了,也没有过这么不团圆的,这个年算白过了。他知道国外有时差,也不多说了,嘱咐她一定要好好休息。好不容易挨到年初七,他赶紧问丽彤是不是要回来了,好歹也是可以休几天假,过个元宵节。可是丽彤并不急,说暂时还回不来,至少再待一个礼拜。他想了半天,忽然灵光一闪,猜测丽彤是不是为了躲债。这么想着,心里又担忧起来。

年初八是开市日,街上到处张灯结彩,很多店铺都选在这天开门大吉。他一径走到公司地址,果然看见公司大门紧闭了,上面贴了红纸,写着要过了十五才开门。他又打电话给公司的行政,因为公司小,只请了一个行政人员管着大大小小的事务。那个年轻的行政,很坦诚地告诉他,因为品牌公司要转变经营策略,所以代理公司是开不成了。"周总这次去英国,就是解决这件事。她让我留守在这里,直到公司结业。"

周炳南听了急得直跺脚,想到发生这么大的事情,她为什么不跟父母商量。他这么想着,更觉得煎熬了。好在日子一天天过,转眼就是二月末了。丽彤回来的时候,背着大包小包的,非常高兴的样子。周炳南却暗自揣测，不知道女儿手里还剩多少钱。当初开店的钱，一半是他给的，一半是女儿的积蓄。假如店铺真的结业了，女儿还想继续创业吗？还是找一家公司打工？他心里憋着许多话，都想问女儿，但是看她兴高采烈的样子，还是忍住了。

如果真是一座古董钟，那能卖多少钱呢？

05

几天之后，周怀深又出现在邓小姐的成衣店里。

这家成衣店位于小市街的拐角处。周怀深还未到门口，便觉得这个地方找得好。正好是在闹市边缘，旁边就是几家银行、金铺，来做成衣的人很多。而这里又不是正街，租金适宜，对面恰好是一家咖啡馆，就更相宜了。

透过玻璃橱窗，他看到一个熟悉的身影。

他按捺住内心的激动，缓缓走进去，立刻有人迎上来，问："想要什么？"

"我要做一身衣服。"周怀深说。他有点紧张。邓小姐正在跟一个客人接洽，先是展示布料，然后招呼裁缝给客人量身。看到周怀深，她略点头，微笑着说："您请坐，我哋等阵倾。"

周怀深坐下来，立刻有人给他递茶，问他要做什么样子的。他有点紧张，不作声，接过茶喝了。接着又有人捧上糕点，周怀深忙接过了，心里赞叹邓小姐是个会做生意的。

送走了客人，邓小姐回身招呼："是周先生吧，上次跟启荣在一起，我见过的。"

周怀深点点头，说要定做两套洋装，邓小姐招手，让人给他量身。

两个店员立刻围过来，展开卷尺在他身上比画，邓小姐站在一旁指点，说："他右肩比左肩高，要注意了。"周怀深听了满脸通红，下意识地把肩膀耸起来。

"跟你没有关系，我只是提醒周伯，请他裁剪的时候注意点。"

周怀深还是低着头，没有说话。他不想让邓小姐看到他脸红了。

邓小姐笑笑，说："请你一个星期后来取。"

周怀深点点头，笑着说："好！"

后来因为取衣服、改衣服，周怀深又去过几次。不是每一次都能遇到邓小姐，但他总是满怀期待。

周怀深恨自己的冲动，然而他又控制不住。他越来越觉得，邓小姐就是他命中注定的妻子，长得那么好看，家世又般配。她知书识礼，性格又好，初接触时觉得不好相处，仿佛很执着、倔强，但她说话又是那么温柔。

周怀深决定了，回家就请求父亲，让家里再去提亲。

他的这种"非卿不娶"的态度震惊了家人。周氏夫妻立即备了一份厚礼，双双上门，请求邓家考虑这门亲事。邓家父母那方面，自然是没有问题的，关键是邓小姐的态度。大概是因为她已经有意中人了，抵死不接受父母的安排。周氏夫妻恳求邓家认真考虑，毕竟战事已起，生活艰难，有情并不能当饭吃。

周怀深在家里坐立不安，他私下打听，很快就打听到了，邓小姐的意中人是一个做钟表的人，据说手艺很好，在修表界已十分有名。

"他不知道我想娶邓小姐吗？"周怀深"哼"了一声。

第二天，他就踏进了这家钟表店。

周怀深一眼就看到有个年轻人坐在店铺的最里边，正在做维修。角落里光线阴暗，看不清面容，他凭直觉觉得是一个相貌清秀的年轻人。

周怀深到处望了望，跟店主说："我要买一只好钟。我们家大厅那只钟，质量很好，就是款式老旧了。"

店老板扫了他一眼，从他的穿着打扮判断，立刻给他介绍本店最好的钟表："这几只，都是好的，进口货，走时特别准。"

周怀深摇摇头，说："你们店最贵的是哪只？"

钟表店老板热情地向他介绍。钟表是贵重器物，虽然行情甚好，但不是每日都有人买。他指了指店里最贵重的一座，叫铜鎏金转花人偶钟。座钟主体是铜镀雕花，中间有彩色玻璃做的自开门。店主殷勤地向他展示：首先是钟声"当、当、当"地响起，然后两边的金花片哗哗地转起来，彩色玻璃门轻快地打开，两个铜制小人轻快地转出来，钟座内部响起了悦耳的乐曲声。

这座自鸣钟吸引了他的注意。它一眼看上去，不算华丽，但又有一种精致感。不是那种老态龙钟的寿星公，两个小人偶像是一对情人，从远处出来见面似的，欢乐之情简直溢于言表。

"这座大钟，是我们店最值钱的古董，用的是西洋机芯，"店老板殷勤地说，"您想想看，几十年前，从外国来的大商船，历时半年，漂洋过海才来到广州。"

周怀深望了半天，不置可否。

"这是朝廷贡品的质量。因为某些变故，未能进京，但都知道是好货，摆在这里许多年了，没有人敢买。"

店老板将钟座抬起来，给他看底座上模糊的"任土作贡"字样。

周怀深淡淡地笑，说："今时唔同往日，现在总算是跌价了吧？"

"现在是古董，就更值钱了！"钟表店老板看出周怀深想买，狡黠地说。

周怀深长长地叹了一口气。他知道自己任性了。家里显然不缺钟，古董也摆得到处都是。眼下战争很可能就要来了……他假装无意识地转头，发现柜台里的那个人坐得直直的，正在留意倾听。

"绝对是好货，您真有眼光。当年广州的钟表匠人，手艺比进京的还好。您看这雕花的工艺，这满屏的珐琅彩……"店老板好不容易才等到一个大户，必然不舍得放弃，"识货的，一望便知。"

"我知道。"周怀深还是看了半天，"这对小门，能打开吗？会不会容易锈掉？"

"不会不会，这都是极精巧的机械装备，走得极准，又有音乐报时。整点一到，锣鼓哐啷一敲，这四朵金花就会呼呼地转，还有小人儿转出来。"

"是好货啊！"周怀深看了半天，慢悠悠地说，"那么，我想买了。"

他用余光感受到，柜台里的那个人震动了一下。他心里更是得意，大声地说："就按你这个价，老板，大家都是生意人，你要给我个公道。我就住西关逢源路上，家里也开着几家店，你随时可以过来找我。"

店老板经营多年，最擅长睇"眉头眼额"了，一听周公子的住处，便知道他来头不小，于是笑得更殷勤了，说："您有心要，我就给个实价给您，不能再低了。"

店老板随之用手蘸了点水，在柜台上写下一个数，算是与周怀深显出坦诚之意。周怀深其实心里知道，这座大钟又贵又不实用，但他看到柜台里边的人，似乎在不经意地偷听，仿佛就下了决心，一定要把这个钟买下来。

"这个数？都抵得上你这间铺子的价钱了吧？"周怀深笑着说，"老板，大家都是做生意的，你开这间铺头什么花费，瞒得了我吗？"

老板不怀好意地笑，说："本来就是镇店之宝，不想卖的，您非要买。"

"我要成亲了，有个这么好的钟，要摆在新房里。"周怀深得意地说。

"哦,是哪家姑娘啊?"老板随意凑趣。

"喏,就是对面成衣铺的邓小姐,"周怀深指向邓小姐店铺的位置,"她们家是做布料生意的,她父亲和她弟弟我都认识。她弟弟跟我是校友,我们常在一起玩的。"

两个人又闲话了一阵,店老板照例提醒:"这座钟要好好放着,不要放在太阳底下,不要放在阴湿的地方,隔段时间送过来保养。"

"张师傅,你替周少爷检查一下,演示一下这个钟怎么转。"

张师傅从柜台里站起身来,冷冷地"哼"了一声。

"不用,我自己会。"周怀深知道那个人是生气了,得意地笑笑。

已是日落时分,街边的夕阳斜斜地照进来,照在那些光滑的钟面上,闪闪烁烁的。光线将柜台生硬地切成两个部分,一边明,一边暗。周怀深惬意地敞开衣服,斜斜站着。他故意站在明的部分,让别人看到他笔直的西装、锃亮的怀表。他从西装口袋里掏出一只盒子,缓缓打开,说:"特意定做的金戒指,也是送给邓小姐的。"

"哦,好漂亮。"店老板大概什么也不知道,敷衍地赞叹了几句,立刻从柜台里取出账簿,请周怀深交钱。

"您是现在搬走,还是我们稍后送过去?这座钟摆得久了,平时也没有人敢动。现在既然有新主了,我们就可以给它除除尘,上点油。"

"好,"周怀深爽快地说,"让张师傅替我的钟做好保养,下次送过来的时候,我要看到更新、更靓!"

这座大钟在三天之后摆到了周怀深的房间里。果然是保养过了,全身油亮,打点的声音也明亮了许多。然而并不是张师傅送来的,来的是另一个伙计,说张师傅已经离开钟表店了。周怀深高兴极了,一遍一遍地拧着发条,望着时针、分针的转动,听着"叮叮当当"的报时声。

父亲将他狠狠地骂了一顿，说："眼下战事纷起，大家都变卖了财物，换成金条傍身。你倒还好，换回来这么一座不能吃不能穿的东西。"周怀深只是笑，他觉得自己从来没有那么高兴过。

一九三八年，周怀深与邓佩华在广州成亲。两家家世都好，本来应该隆重地摆一场喜酒的，然而此时前方战事正酣，广州也时刻面临着沦陷的危险，大家都怕惹麻烦，都认同说关起门来过了大礼，就可以了。

一年以后，邓佩华生下了他们的第一个孩子，是个女孩，取名远梅。过了两年，她生下了第二个孩子，还是女孩，取名远兰。

06

霍师傅仔细打量着这座老钟。

这座钟表面上看破破烂烂的，钟壳布满铜锈。表盘没有损裂，里边三针完好，三针都是传统的尖角形。钟底的珐琅彩虽然斑驳了，但颜色艳丽，能想象得出，在它完好的时候，是多么的精致华丽。钟座是一对玻璃双开门，里边依稀能看到一对人偶，全身布满了锈斑，大概也是铜制的。钟顶的一朵料石玫瑰花形态依然完好，如果连动装置没有坏，是能够随着报时转动的。这么复杂的配置，在以前的自鸣钟里并不多见，一般是按朝廷贡品要求才特制的。霍师傅手里经过的钟表无数，只略看一眼，便大致能猜到它来自哪个时期。

"虽然是年代久远了些，但总能修复的吧？"周炳南一脸讨好地说。他们之间的交际不多，记得还是在婚礼的时候有过简单交流，后来就几乎不联系了。现在一来就请人帮忙，他显得有些不好意思："虽然大家是亲戚，但平时见面实在太少。什么时候有空，到我们家里来吃饭。"

霍师傅倒没有这种感觉。他跟嫂子的联系向来很少，两家人只是在婚礼上见过。对于周炳南，他向来是恭恭敬敬的。他每天从早到晚都在修复室里，跟外界的交往本来就少。面对着突如其来的客气，他反而有些不知所措了。

周炳南想解释一下霍晓光和丽彤离婚的事，可是面对着霍师傅的尊敬和客气，他一时又不知如何说起，神色讪讪的，欲言又止。

霍师傅认真地点了点头："你这座钟，是古董钟无疑。仅从外观上看，这设计构造，还有图案造型，初步推断是清初乾隆时期的。"

"那修好以后，能卖不少钱吧？"周炳南小心翼翼地问。

"这个很难说,我只管修复。"霍师傅微笑着,谨慎地解释。

他向周炳南介绍目前正在修复的几座钟:"这几件,都是民间捐的。你看这座,还是废品站的大叔送来的,现在已经修复完好了。"

霍师傅指向一座铜鎏金珐琅雀花转钟:"这座钟,它的珐琅彩跟你的差不多。"

"我知道这是件古董。"周炳南长长地叹了口气,似乎想起了许多往事,"这座钟一直在我们家,有段时间是摆在大厅里的。虽说不记得是从哪里买的,但是肯定珍贵,我妈在世的时候,从来不让我们碰,说是怕碰坏了。"

"由于年代久远,锈蚀是肯定的了,但其他具体问题,还要拆开钟盖才知道。"霍师傅指向已经锈死的底座。他先用砂布擦去锈迹,再用锉刀轻轻撬开锈蚀了的门框,看到了藏在钟座底部两侧的小人儿。

周炳南点头表示明白:"这个钟我小时候见过,很神奇的,一到整点门就会开,花也会转,还会发出叮叮当当的音乐。"

"当、当、当……当、当、当……"时间正好到了十点,博古架上的自鸣钟同时打点了。

霍师傅戴上放大镜,将钟座内壳部分也看了一遍。"我们这里有严格的规定,不能外接业务。"他向周炳南解释,"根据所里的规定,我们只能修复本所收藏的。"

周炳南听了,立刻拼命地摇头。"这个钟是我母亲遗留下来的,我不想捐。"他的语气变得急躁,"总还是能找到其他能修复的人吧,我再找找。"

霍师傅点头表示理解。他本想告诉周炳南,这种专业的古董自鸣钟修复技术,放眼全国也数不出几个人,在广东就更少了。修复古董钟与修复一般的钟表不一样,涉及多种古文物修复技术。但他没有把话说出来。他们做钟表修复许多年了,遇见过无数像周炳南这样的人,通常都是说服不了的。

送周炳南走到院子门口的时候，正好碰上了丽瑜。

丽瑜见到周炳南，略有些惊讶，但立刻反应过来，恭敬地喊了一声："细叔！"周炳南也点头招呼："哦，丽瑜啊，对了，你是在这里工作的。"

"细婶最近怎么样了？"丽瑜关心地问。

"不太好呢。"周炳南连连摇头，"自从中风以后，好像换了个人似的。"

丽瑜点点头，表示理解。大概是有些日子没见了，她显得有些生疏，但很快又反应过来，仍是谈论着病人的情况。周炳南神色黯淡，连连叹气，说："护工不好找。"

霍师傅明白了周炳南的困境，这也是他急着想修复钟的原因。只是，所里有规定，大家都得遵守。这座钟实在太破旧了，修复起来工序太多，他自己一个人也完成不了。

丽瑜帮忙替周炳南抱着钟，让他顺利地坐上了出租车。

送走了周炳南，霍师傅怅然若失。他走到一座经典珐琅花瓶钟前，不停地拨动花瓶侧面悬挂着的兽耳铃铛。

十一点左右，门"砰"地被推开了，曹师傅走了进来。

霍师傅不用看钟，也知道是什么时间了。曹师傅是所里的关系户，他不是钟表专业出身，对于这一行简直可以说是外行。然而因为家里的关系，很早就被安排进了研究所。他不太能做钟表修复，苏师傅也不敢让他干。平常他在这里，也只是负责一些跑腿的活。因此，他常常迟到早退。

"小霍，那座有亭子有鸟的钟修好了吗？张所长说急着想看呢。"曹师傅说起这些要维修的钟表，也是一点感情也没有。

霍师傅应了一声。曹师傅虽然手艺不佳，但闲游散荡的，还常到领导跟前拍马屁。修复室里的两位师傅都是实在人，心里偶尔膈应一下，也就算了，从来没有跟他计较过。霍师傅放下手里的活，扭向一边，以免说话的唾沫喷到表盘上，答复说："已经在装配了，但是装好之后还要留有调校的时间，再下个星期能送出去。"

"赶紧装吧，领导等着看。"曹师傅说。他对于钟表基本上是外行，连调校是怎么回事都不懂的。

霍师傅没有再说话，继续埋头工作。有个半点打点的白瓷孔雀钟开始活动了，随着"叮、叮……"两声，笼里的孔雀开始摆动头部，上下移动。

过了几天，周炳南又来了，还是咨询修复钟的事。大概是去古董行打听过了，没有找到会修复的。

"请你帮帮忙，你不帮，这个钟就只能当破烂扔了。"周炳南请求说，"找了几个地方，都说不会修。有一个说能修的，也是说要直接买下来。"

霍师傅摇头，表示为难。

"或者到我们家修？家里有地方，最近正好腾出来了。"

"工具太多，不能搬来搬去，还要有专门的装配车间。"

周炳南不死心，还是央求他。霍师傅没办法，只好请求苏师傅同意。

"他答应我，修好了，借我们展出一年。"霍师傅说，"而且那个钟，缺损得太严重了，我觉得就算修好了，也只能作为藏品，没法卖出去的。"

霍师傅也是以徒弟的名义恳求。他解释了与周炳南的关系，讲到现在哥哥几乎处于离婚的状况，希望能得到师父的支持。

苏师傅犹豫了半天，最终还是同意了。

周炳南再次把钟送过来了。到的时候是中午，他一个人抱着沉甸甸的钟，像抱着个两三岁的孩子，累得浑身是汗。霍师傅拟了个合约，与周炳南签订。虽然是亲戚，但也得有白纸黑字，有理有据，这样万一这座钟修不好，也不至于产生纠纷。

周炳南爽快地签了字，他一脸期待地说："我相信一定会修好的。"

下午三点钟，师徒俩对着这座钟开始了研究。

苏师傅戴上钟表放大镜，将这个勉强称之为钟的物体从里到外分析了个遍："外壳锈斑不用说了，这个所有的老钟都有。内部机关肯定是动不了。珐琅彩好办，还是请珐琅师傅根据锈损情况，补补贴贴。但是这座钟的机关太多，很多零件已经坏死了。关键是这种多盘发条，是外国进口的。这个钟的历史价值就在这里，这部分要修复不了，这个钟也不能称为古董钟了。"

霍师傅长叹一口气，说："那也是死马当活马医了，能走起来再说。"

两个人对着钟仔细查看了半天，越看越觉得困难。

这座旧钟基本上已经找不到一点痕迹，完全可以说是一堆废铁。要是换作别的人，霍师傅早就放弃了。可是，这毕竟是哥哥岳父家的事。霍师傅知道，哥哥和嫂子的感情一直不好，他们夫妻俩因为工作原因，已经不住在一起了。如果这座钟能修复，说不定真能卖出一个好价钱。

到了下午四点，工作得有点累了，苏师傅叫了个下午茶外卖。

说不清楚是什么时候形成的习惯，下午如果进展得顺利，他们就会点个下午茶。茶点通常是奶茶、面包，偶尔也会点些苏师傅喜欢吃的粤式点心。

茶点到的时候，陈大姐也进屋了。

"闻着味道就过来了，你们两位真是，话不多，吃得倒挺多。"

陈大姐喜欢开玩笑，特别是跟苏师傅开玩笑。两人年纪相差无几，又都是湖南老家出来的，聊起来有太多的共同话题了。苏师傅是个不爱说话的，每天对着钟表，戴上放大镜，拿起螺丝刀，一坐就是一整天。

陈大姐却是做久了讲解，很爱说话的。每次一聊起来，先夸赞苏师傅几句，说："今天又起死回生了吧，是哪一座钟啊？这么小的零件，这么点空间，你是怎么装上去的？"

苏师傅没接话，霍师傅只好回应："做熟了，也不算难。"

"还不难，看看这齿片，还没有我指甲大。"陈大姐比画着，伸出了手指。她最近赶时髦，跟所里几个小年轻一起去做了水晶指甲，无奈两个修钟的人，完全不知道是怎么回事，只略看了一眼，也没有趁势称赞。

陈大姐只好继续说钟表的事："这手艺，简直绝了，你们俩这叫救钟圣手。"

她越说越离谱了，苏师傅只好出声，笑着说："没有那么夸张，我们这是落伍。现在是电子时代了，我们还在做手动机械。"

"手动有什么不好，我就喜欢手动。"陈大姐说开了，越说越激动，"我就不喜欢什么电子的，昨天晚上我给我儿子收拾房间，擦了一下他的电脑，结果他哇哇大叫，说我把他一个晚上的工作都擦没了。"

说得两位修钟师傅都笑起来了。

苏师傅又是笑，说："我们年纪大了，真的落伍了。年轻人的那些东西，我们不要碰。"

陈大姐极豪爽地叹了一口气，说："不碰就不碰。他们有他们的世界，我们也有我们的世界。"

博古架上的一座铜鎏金翻伞八仙钟到了打鸣点，"咔、咔……"地响了起来，霍师傅忙走过去，拨开了时针与分针的间距。

陈大姐也是所里的讲解员，跟丽瑜同一个部门。她年纪大，资历老，年轻的时候据说是所里的"一枝花"，人见人爱的，但是现在像一切她这个年纪的妇女一样，身材略胖，说话大声聒噪，看不出什么"人见人爱"的影子了。她说话得理不饶人，丽瑜受过她几次气，看到她就躲得远远的。

但是陈大姐在聊天时，经常提起丽瑜，说她"也不知道受了什么刺激,说是不想结婚,就算结婚也不想生孩子,高不成低不就的,一直蹉跎到现在!"

苏师傅放下点油笔,笑着说:"现在的年轻人,不爱结婚的很多。"

"那也不能赶这种潮流啊,"陈大姐说话有点一惊一乍的,"我从小看着她长大,把她当自己亲女儿一样,不想看她当老姑婆啊!"

苏师傅不说话了。正好有个轮轴转不了,他低下头,仔细研究了很久。

陈大姐最近特别喜欢到钟表组来。她跟苏师傅是老乡,老家是同一座县城的,年轻的时候还相过亲。"那时候两个人都想着往广州跑呢,根本没认真看过对方一眼。"苏师傅曾经感慨过。没想到几十年后,两个人兜兜转转,竟然在广州相遇了。陈大姐说这叫"缘分"。

陈大姐的丈夫前些年因病去世了,孩子刚大学毕业。她向来是性格开朗的,丈夫去世后,却伤心了很久,随着时间流逝,这才慢慢平复了,脸上逐渐有了笑容。

霍师傅也不说话,转到旁边的休息室喝茶。他和丽瑜是一对儿,这件事情他并没有刻意隐瞒,但是所里的人,居然全都没看出来。他们是这里最老的员工,在这里工作了几年,彼此心照不宣。霍师傅喜欢她,一个典型的南方姑娘,长相甜美,性格安静、温和,看不出年纪,也看不出太多的喜怒哀乐,然而一举一动都很有章法。他知道自己是极安静的人,不善言辞,因此就希望跟一个同样安静的人在一起。

他低下头,尝试拼凑一座铜镀花篮钟的镂空花片。这种花篮钟通常是一对的。但他们只收集到了一只,而且缺损得厉害。一些大的残片,他已经登记了,请铜雕师傅补配。还有些小的缺损和剥落,则需要由他自己直接雕鏊了。

霍师傅经常打听,看看能不能找到另外一只。然而年深日远,已经失落了的东西，大概是很难找得回来了。他对着这只铜镀花篮钟，觉得很可惜，经常起念头，要不要尝试仿做一只。

陈大姐还在高谈阔论，整个院子都回荡着她的笑声。她们做讲解的，个个口才都好，每次聚在一起，她有时还插不上话。这个屋子里就不一样了，永远都是安安静静的。两位修表师傅都是不爱说话的人。霍师傅知道自己的毛病，经常淡淡一笑，说自己"是个蠢人，不会说话"。苏师傅不会这样自嘲，但因为常年对着钟表，经常一整天一整天地不说话，有时突然开口，还有点口吃。

陈大姐也关心霍师傅，经常笑着说要给他介绍女朋友。但是说归说，一直也没介绍成。霍师傅知道，自己一个外地人，做着一份不赚钱的工作，实在也难以找对象。加之自己又是个不会哄女孩子的性格，真要相处起来，也不容易。

"现在的年轻人啊，跟我们那个年代真的不一样了，个个都不想谈恋爱，结婚就更别提了，好像谁逼着他们似的。"

丽瑜的身影在院子里闪了一下。大概是看到了陈大姐，她没有往这边走。

陈大姐殷勤地替他们张罗着。外卖袋打开，露出喷香的酥皮面包。她把刀取来，切面包，把奶酪抹到面包上，边忙边跟苏师傅说话："家里还好吧，女儿什么时候回来？"苏师傅只有一个孩子，已经上大学了。苏师傅十来岁就到广州打工，在这里工作了几十年。夫妻俩长期分居，感情逐步变淡，也就离了婚。

陈大姐心知肚明，但从来不明着问苏师傅。苏师傅离开了，她才赶紧问霍师傅，"怎么样了，还在为房子的事纠结吗？"

霍师傅摇摇头，说："老太太不肯搬，说住习惯了。苏师傅正在找房子，然而他长期不在家，一时也找不到。"

"仔细找找，肯定会找到的，不行就请个假吧。"陈大姐也跟着皱起了眉头。

根据离婚协议，家里的房子归前妻所有。然而苏老太太住了许多年，早已习惯了，闹着不愿意搬出来。苏师傅打算自己买一套，但长期在广州工作，也张罗不来。

听了苏师傅的事，陈大姐有些丧气，但没过几分钟，又恢复了，说起别的事。所里人不多，每个人的生活情况，陈大姐都是清楚的，不管谁谈了恋爱谁分了手，她都在这个屋子里说。"你不知道吧，张所长说要给丽瑜介绍男朋友呢。"陈大姐绘声绘色说了一通，霍师傅强装镇定，拿了一把舞钻在齿片上打孔。

陈大姐看不到他的面部表情，自己一个人滔滔不绝地说着，仿佛她亲眼看见似的："这次介绍的，很不错呢，身强力壮，虽说是丧妻，毕竟是当着那么大的官。"

"丽瑜不是崇拜权势的人，她不会喜欢的。"霍师傅终于忍不住了，觉得要为她辩白两句。

"你怎么知道？你又不是她。"陈大姐笑了，"听说你跟她是亲戚？看着不像啊，你们平时都不怎么说话吧。"

霍师傅摇摇头，继续低着头打磨齿轮。他跟丽瑜之间，一直是含蓄寡言的表达。有一种日久生情式的默契，常常是不用开口，两个人都明白了。从来没有约定什么，甚至连关系都没有公开，但两个人都觉得很安心。他有时也会幻想，两个人如果生活在一起，会是什么样的。那一定是一种安静的美好，两个人各做各的事，但都意识到对方的存在。偶尔相视一笑，什么都不用说，都明白了。

然而，问题是：两家是亲戚呢，丽瑜还是丽彤的堂姐。

chapter 3 ──────────

第 三 章

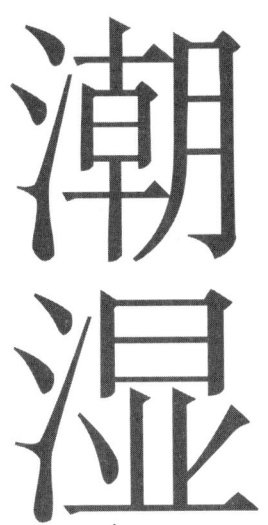

作为一个修钟表的人,他必须恪守时间的丈量规则,然而在某些时候,时间的长短和计量方式完全不重要。比如在此时此刻,他就觉得时间应该是静止的,他希望时间是静止的。

07

回南天来了。

家里的地板像出汗似的，到处渗着水。以前总是卢淑芬从早到晚不停地擦拭，把地板上的水珠擦得干干净净，现在这份活只能周炳南来干了。他用拖把把地板擦干净了，又在各处墙角放上吸湿盒，最严重的地方，全部铺上了旧报纸。但即使是这样，墙体上还是不断出现水珠，像珍珠一样晶莹透亮。

屋子里弥漫着一股咸鱼般的味道。风也是咸湿的，挟带着一种沉闷的气息，仿佛在封闭的空间里拼命挣扎。玻璃窗上起了水雾，朦朦胧胧的，就算擦干净了，没一会儿，又模糊了。

这样的天气，一年当中总要出现一回，十来天。周炳南新买了吸湿盒，又在每个房间的门口，换上塑料的防滑垫。他还让丽彤帮忙，在网上买了檀香炉，放在卫生间里，以掩盖那一股难闻的霉湿味。

最大的问题是衣服永远也晾不干。好几天的衣服积累了一整排，长长地挂在竹竿上。那些衣服垂挂了几天，不但没有干，反而更加潮湿，就像某些陈年往事似的。周炳南每次走过，总会习惯性地摸一下，看看有没有干一点。然而"陈年往事"们，向来是不会遂人所愿的，不管怎么样祈愿，只会存在得更强烈。周炳南惆怅地望着这一排衣服，卢淑芬摇着轮椅出来，说："实在没办法，用吹风筒吧，反正我有空。"

以前也是这样。如果时间太久，只能用吹风筒，反复不停地吹，将衣服吹干。周炳南想了想，只好点点头，说："好，慢慢来，别累着了。"

春天应季蔬菜多。周炳南去菜市场买菜，先是买了一把水灵的芥菜，看旁边的苋菜长得好，忍不住又买了一点。转到菜场出口的时候，还看到了新鲜的南瓜苗。他是见到南瓜苗必买的，因为丽彤最爱吃。

回来的时候，他进了巷口的中医铺拿药。最近丽彤老说胃疼，大概是因为吃饭不准时。周炳南劝过几次，没有办法，只得到中医铺抓几服养胃的药。

回来安顿好卢淑芬，他又自己一个人出门了。最近家姐周远兰说有些不舒服，得去探望。

周远兰的身体向来很好，这次是因为年纪实在是大了，不小心，从楼梯上摔了下来。她先生已经在几年前去世了，儿子一家人也另买了房子，现在只剩她一个人住。

"我这几年身体一直不好，没办法，小孙子也照顾不了。"她无奈地说。

孙子出生以后，一直是孩子外婆帮忙照顾，她就自己一个人在老房子里住着。这几天腿脚不便，是儿子彦文帮忙去买菜。

周炳南看了看她受伤的腿，安慰说："年轻人，随他们去啦。你先顾好自己吧。"

周远兰这里，虽然是有三十年楼龄的老房子，外面残破不堪，里边却收拾得很干净。周炳南自己动手，倒了茶，削了个苹果，切成两半，姐弟俩分着吃。周远兰说了自己腿脚的事，是下楼的时候不小心扭着了，已经去医院看过，问题不大，只是暂时不能动，要天天敷药，不能心急。她问卢淑芬恢复得怎么样了，毕竟中过风是很难完全康复的。

"她还好，每天按时吃药，坚持做复健。"周炳南回答。

周远兰点头，说："年纪大了，身体多少会有些问题的，要看淡。"

姐弟俩对坐着说些闲话，周远兰忍不住抱怨儿子儿媳妇很少来看她。周炳南好言开导，说："现在的年轻人，工作压力大。丽彤也是每天早出晚归。"他提起了拆迁的事,告诉家姐:"家里积累的那些陈年杂物,都要清掉了。"

周远兰点头,说"好":"那些旧物堆放了好几十年吧,都是妈以前存着舍不得扔的。"

周炳南也点头,说:"你同意就行。要是找到你的物件,我给你送过来。"

没想到周远兰摆摆手,说:"都是十几二十年前的东西了,有什么好留恋的。"

出来的时候,正好碰到彦文送菜来,手里大包小包的,说:"一次买够一周,这几天单位忙,不一定能准时过来。"周炳南点头,说:"老人家要看管好,一不小心碰着摔着,就是大麻烦了。"彦文点头说"是",关心地问丽彤的近况,说现在市场环境不好,能保本就行,不要太拼命了。

两个人闲聊了几句,周炳南觉得已近中午了,赶紧回家做饭。

厨房的马赛克砖墙上挂着一排细细密密的水珠,洁白的瓷砖边缘晕出了一圈黑边。他一边做饭,一边用抹布将瓶瓶罐罐擦干净。这种天气,储存的食物最容易霉变。他打算中午休息过后,就把柜子里的冬菇、干菜统统拿出来,也用吹风筒吹一遍。卢淑芬在大厅里不停地擦拭,轮椅转向的声音吱吱呀呀响个不停。一楼是最潮湿的地方,桌脚床脚全生出了水珠,不及时擦干净,过不了多久就现霉点了。租房者搬走以后,周炳南把床搬到一楼了——卢淑芬行动不方便,还是住一楼的好。他们许多年没有住过一楼了,没意识到有这么潮湿。

这样的潮湿天气还要持续一周。

"实在不行,还是搬回二楼去吧。"卢淑芬说。

两个人一边干活,一边絮絮叨叨地商量。周炳南收拾了餐具,又用去油剂把灶台擦得又光又亮。他发现最近几天蟑螂多了起来,看来搞卫生要更细致了,还要多喷几次杀虫水,灭了虫之后重新擦干净。好在两个人成天在家,也没有特别要紧的事,总有时间慢慢做。

然而毕竟是自己的房子,看着原本光洁的地砖上浮起的黑点,周炳南觉得一阵阵心疼。那些黑点密密麻麻的,仿佛虫子一样缓慢地向四周延伸。他拿着抹布,一个方格一个方格擦过去,看到擦拭之后的砖块又干又亮,心里才舒服了一点。

熬了五六天,总算放晴了。只要太阳出来了,就不会回南了。周炳南心里舒了一口气,天气晴好,人的心情也变得好了。他提着菜篮子出去买菜,感觉脚步都变轻快了。

在菜市场门口,他遇到了周炳基。

两家人其实住得很近,就是街头街尾的距离。尽管如此,这几年来,他们见面的次数也是寥寥无几。住了这么多年,周炳南的邻居,也是周炳基的邻居,这一条街上的邻居,都是认识的。但是有的已经不知道过去的那些恩怨情仇了,只能从名字上看,猜测他们可能是亲戚。

周炳基见到他,脸色顿时阴沉下来。两个人擦肩而过,都是脚步匆匆。但是,周炳南不由得停下来,想跟他讲搬迁的事。周炳基也停了下来,回头对望。

"住得好好的,点解要搬啊,做咗亏心事啊?"周炳基突然先冷哼一声,恶狠狠地说。

周炳南被他的恶劣态度吓住了,略怔了怔,没有说话,转头苦笑一声,摇摇头,继续往菜市场走。

旁边摆水果档的好婆不清楚状况,将新到的一筐白蜜瓜一只只摞起来,大声叫卖:"新鲜到货,甜瓜啦,甜瓜啦,甜过初恋啦。"

到了菜市场，应季的蔬菜又换了一拨。莴苣新鲜上市，莜麦菜成捆成捆地堆着。周炳南买到了新鲜的茭白，顿时心情大好，刚才遇到周炳基的不快也被抛到脑后。他特意去买了价钱较贵的土猪肉，打算晚上用茭白炒肉片。出来的时候遇到陈伯，陈伯也是来买菜的，说："今天超市有土鸡蛋促销，买一送一。"

周炳南多谢陈伯提醒，打算先回家放下东西，再到超市买土鸡蛋。然而陈伯又拦住他说："我刚才看到炳基也去了，你要去就赶紧去。"

陈伯是这条街上认识了几十年的邻居了，跟两家姓周的都很熟。因为跟周炳南交好，对于他们家的事情是十分清楚的。这些年全靠他提醒，周炳南才避开了街头巷尾的碰面。

周炳南冷哼一声，说："不怕，我刚才已经撞到他了。"

陈伯欲言又止，想劝几句，又怕周炳南生气。他拍拍周炳南的肩，说："碰到了就躲开些，都几十岁的人了，真要起冲突就不好了。"

周炳南点头表示同意，他放弃了买便宜鸡蛋的打算，拎着菜回家。阳光已经很猛烈了，一扫回南天的阴霾。他端了凳子，选了个院子里的阴凉处择菜。择了半天，心烦意乱，突然听到门口吱呀吱呀的，赶紧走过去，推开门，看到周炳基堵在门口。

"跑到这里来，想做什么？"周炳南皱着眉头说。

周炳基一脸阴沉，双手叉腰，说："听说你们要搬了？"

"是啊，怎么了？"周炳南眉头皱得更深了。

算起来已经快十年没说过话了，这样找上门来，又是一副恶狠狠的脸色，八成没好事。周炳南挡在门口，皱了眉，说："你有什么事，直接说话！"

但是周炳基粗暴地推开他的手，快步走进院子。

他环顾四周。这个地方他以前来过，多少还是有些印象。算起来也是三四十年前的事了，可能因为房子的模样基本没变过，到现在还记得。

"这房子你们住了几十年了，为什么要给政府？"他一开口说话，就是恶声恶气的。

周炳南不回答，摇摇头，心里已经有一股火气在拼命压抑。这是母亲留给他的产业，他想怎么处理就怎么处理。

"政府征收，还有什么办法？"他忍着怒气解释。

"现在政府征收，也是可以拒绝的。你们在这里住了几十年！"周炳基的脸色更加铁青了。他四处张望，眼睛盯着角落里打包好的旧物。盯了许久，他冷哼一声，说："这些东西，是阿爸的吧？"

周炳南淡漠地摇头："这不关你的事，这是我们家的。"

周炳基也摇头，双手抱胸，一副不容他辩驳的模样，说："这里头有些东西是阿爸的。他临终那几年，在这里住了不少时日。"

"阿爸很少住这边，我对他都没什么印象了。"周炳南略顿了顿，话说出口，心情顿时低落，脑海里立刻翻涌起过去的一些不愉快的记忆。

周炳基听了直皱眉，说："你这么说就不对了，阿爸年纪大了以后，基本住在你们这边，东西也是一样样地搬过来。"他冲动地走到旧物堆前，指着说："我记得以前有一只旧花瓶，是古董，阿爸说是明朝的。他是临走的那一年，从我们那边拿过来的。我记得清清楚楚！"

说起旧事，两个人都有些沉默了。这多年来的恩恩怨怨，怎么算也算不清楚的。周炳基看周炳南恍神了，索性走到杂物房前，径直捡起一包杂物。

"你干什么？"周炳南抬高了声调。

"哼，钟的事，我听说了。那是阿爸的古董钟！"周炳基也抬高了声调。

"什么钟也不关你的事！"虽然都是老人家了，但周炳南也不退让，呼哧呼哧喘着气，双手张开阻拦他。

周炳基吓了一跳，但立刻下意识用手去挡，一把将周炳南甩开。

他们俩恶狠狠地对望着，却都不后退，仿佛后退一步就是认输似的。周炳南有些生气，也有些害怕。他讨厌周炳基，这个人从小就霸道，现在一把年纪了，还这么贪财。家里的事跟他们"那边"有什么关系呢，凭什么干涉……他虽然气得浑身发抖，也还是有几分害怕，那是身体的本能反应。在多年以前，当他还是小孩子的时候，曾经一度被周炳基按在地上暴揍。

两个人气呼呼地对峙着，都涨红了脸，额头上冒出汗珠。

"你想扔什么，卖什么，要告诉我，这些都是阿爸的东西！"周炳基依然咄咄逼人，说话间近乎咆哮起来。

"关你什么事，关你什么事！"周炳南也提高了声调。他虽然是六十多的老人了，听他这么一说，火气也上来了。

卢淑芬听到争吵声，连忙摇着轮椅从里屋出来。看到周炳基咄咄逼人的样子，她立刻被吓住了，脸色刷白，但是很快就反应过来，吃力地抬起手，指着周炳基说："你干什么？这是我们家！"因为口角不利索，整个面部表情都是扭曲的。

周炳基被她的话彻底地激怒了。为了显示自己的尊严，他大跨步往前，拼命往前冲。他大概也想不明白要做什么，只觉得不能被骂退了。然而他往前走，卢淑芬也摇着轮椅往前轧。他拼命地想从卢淑芬的轮椅旁挤出去，但周炳南又从另一侧夹击他。他握紧拳头，大踏步向前走，双手用力一推，打算把轮椅推开。

然而那轮椅失了衡，一下子斜到一边，卢淑芬惨叫一声，跌到了地上。

08

抗战时期，周怀深做起了投机生意。

他不太记得最初那几个月了，总之是慌乱。他不情不愿地收拾行李，说出了城家就没了，可能比留在城里更糟。父亲说"守得青山在，不怕没柴烧"，最重要的是家人平安。后来车队出了城，没走多远，就换了人力车夫。又过了几天，车夫也不肯走了，刚开始是周家全族结伴前行，慢慢地就散落了。本以为是家大业大，没想到战争一来，所有的财富都烟消云散。动荡之中，父母相继去世。

他总疑惑这是不是一场梦，不可能一夜之间什么都没有了。可是这场梦迟迟醒不来，他能真实感受到的，就是饥饿、劳累和恐慌。离开了广州，他就不再是公子哥了，没有用人照顾，更没有人捧着他让着他。他刚开始的时候，也发过几次少爷脾气，后来就麻木了。国难当头，留着命就很好了。

走着走着，他又与自己的妻儿走散了。

周怀深永远懊悔那一天的决定。那天早上，他一早醒来，蹲在那房前的土砖灶前，慢慢将火星燃透了，打算给家人煮早饭。邓佩华坐在门槛上，抱着呼呼睡的远兰，笑吟吟地望着他。远梅在门口跑来跑去，跟刚认识的小伙伴们用捡来的树枝，玩打妖怪的游戏。

但是饭还没做好，一个远房堂哥来找他。这个堂哥也是擅长做生意的，他说看到住在深山的乡民门口有晒药材，眼下省城里医药物资匮乏，不如一起进山去收些药材，将来找机会卖给药房，发一笔小财。

战乱时节，大家带出来的银钱都不多，再这样有出无进，以后可能连吃饭都困难了。周怀深觉得这个主意不错，便同邓佩华交代了一声，打算立刻进山。

"吃了早饭再走吧。"邓佩华拦住他。

"不了,趁着这个主意还没传出去,我要赶紧去。"周怀深解释说,"眼下大家都在找出路,万一人家先去了,跟我们抢,就不好了。"

邓佩华笑着点点头。但是一起出来这么久,夫妻俩还没分开过,出于本能,她很不安,紧紧地拉住他的手,说:"路上小心点,看到有什么不对,立刻回来。"

周怀深握住她的手,郑重地点头。

不远处突然响起了噼噼啪啪的声音,他们俩赶紧把手松开。原来是有农户正在给青菜浇水,用水瓢子舀了水奋力泼向干裂的土地。

邓佩华把自己别在衣襟上的手绢扯下来,塞到他手里。

"女人手绢,你给我做什么?"周怀深笑着说。

"路上累了,出汗了,擦擦。"

"好!"他郑重地将手绢放到口袋里。

夫妻俩说到这份上,他简直不想去了。然而堂哥和几个同伴已经向他走过来。堂哥看他脸有不舍,安慰他说走山路很快的,中午就能到山里,跟山民简单谈好,立刻原路返回,下午就能回到家。

"怀深……"他依稀听到邓佩华在背后喊他,似乎是因为什么事,吃力地跑着追赶他。但是他怕耽误时间,没有回头。

周怀深和堂哥跟着山里的乡民,一路跌跌撞撞地进了山。他从来没走过山路,感觉像进了另一个世界。他们还没走到山腰,便听到一阵震耳的轰隆声。他抬头看到飞机从头顶飞过,心想不妙,远梅还在田埂上玩呢。正想往回跑,忽然听到有人大声喊"趴下"。他还没反应过来,只听到耳边"轰隆"一声巨响,两边的树木摇摇晃晃。他顿时脑子一片空白,全身都僵住了。周围有树木缓缓地倒下，炮声越来越响了，仿佛就在身边。他总算反应过来了，立刻东跑西窜，最后瞄准了一个隐蔽的凹处，拼命把自己埋在土堆里。然而天空突然落下了炮弹的阴影，一股巨大的冲击力将他震开。他失去了知觉。

等到他醒来的时候，炮声已经彻底地停了。天色是暗的，与早晨的晴朗相比，像是完全到了另一个世界。周围都是刺鼻的浓烟，大概是有房子着了火。他从土堆里爬起来，晕头晕脑的，全然辨不清方向。

天色越来越暗，他不认识路，在山上绕了许久，又冷又饿，但也只能摸爬滚打，到处找下山的路，可是跌跌撞撞的，始终没有走对。天全黑了，他也累得实在走不动了，只好靠在一个山洞边休息，依稀能看到山下火光冲天。第二天一早，天刚亮，他忍着饿和累，赶紧下山。然而，等到他跟跟跄跄跑回到住地，却发现空无一人，只剩下一些断壁残垣，到处飘散着烧焦的衣物。

根据散落在地上的物件，他一路寻找，走了两三天，才跟上逃难的队伍，然而只有零星的十几个人，里面有两三个本家亲戚。他这才知道，原来自己在山上已经滞留了两天。逃难的大部分人，在炮火散去之后，已经启程了。

"她们等不到你，只能跟着自家亲戚一起走了。"堂哥告诉他。

听到这样的消息，顿时如晴天霹雳，但他没有任何办法，只好祈求上天保佑。邓佩华有娘家照应，总还是能活下去的，希望哪天战争结束了，回到广州，一家人还可以再见面。

他跟随着逃难的兄弟们继续走，在山坳里一个暂时还算平安的村子，落脚生活。

这个村子里主要以酱油厂为生计。他虽然不懂技术，好在人活泛，每天在酱场里帮忙。到了三五圩日,他就会把整桶的酱油运到镇上卖。没做多久,他便想办法替酱油厂打开了销路,不仅运到镇上卖,还招揽了其他镇的杂货店主过来购买。

又过了几个月,他感觉到与她们的重逢希望更加渺茫了。晚上一个人坐在门槛上乘凉的时候,能看到一轮皎洁的明月挂在空中,他伤心地流下泪来。

他想起了分别已久的妻女,想到远兰已经会说话,平时会趴在他耳边,咯咯地说个不停,说着谁也不懂的"牙牙语",心里便隐隐作痛。

就这样半年过去了,酱油厂又招揽了新的工人,大都是逃难的省城人,跟周家沾亲带故的,很快在本地形成了周家一族。能在战乱中生存下来,周怀深心里又安定了些,觉得自己有老天爷保佑,苦是苦了点,总算是能活下去了。

这天,他正在酱场里忙活,忽然听到一阵喧哗,只见一群老乡亲护着几个穿红着绿的姑娘进了厂。

来的人都是刚从广州逃出来的,其中还有一个在广州城里小有名气的粤剧伶人,叫作红姐。周怀深以前去剧院看过她演的戏,如今他乡相遇,聊起往事格外亲热。红姐向来是交际花一样的角色,她本来不想出城,但是眼看着战事越来越激烈,广州城到处被轰炸,最终还是偷偷摸摸地逃了出来。酱油厂正在扩建厂房,刚好可以容纳这几个同乡。其中几个是平时做惯活的,立刻说愿意在作坊里帮手,有吃有住就行。红姐扭扭捏捏的,说自己只会唱戏,干不了粗重活,她说自己在这里只是暂时避难,过几天就启程往更远的地方去。

有个年轻的姑娘一直与她形影不离,是原来戏班里养的妹仔,多年来一直跟着她的。"叫作方翠,很能干活的,但是脑子不太好使。"大家都捧腹大笑。他们在乡里待了这许多日，好不容易见到省城来的姑娘，不由得觉得开心。

姑娘们来了之后都忙着拼命洗脸。她们出逃前，都用墨汁把脸抹得黑黑的，到了安全地方才敢洗。但可能是浸染久了，脸上还残留着墨渍，方翠眉角那一小块，直到很久以后才干净。周怀深看到方翠的眉角有一道灰色的痕，像个花骨朵一样，他不由得很想帮她抹掉。方翠嘟着嘴说："平时难得碰墨水，脸倒是吃墨。"

周怀深看到同乡之中，有一家妻小的，十分羡慕。他找了很多人打听消息，可是时逢乱世，大家四散逃离，根本没有邓家的消息。他心里很后悔，责骂了自己一万遍，那天为什么要一个人进山，为什么头也不回地走了。一家人在一起，哪怕是死在一起呢，也是好的。

有天晚上，大家聚在一起吃饭，还加了菜，算是为这些平安逃出来的乡亲们庆祝。因为工作劳累，周怀深忍不住多喝了几杯。

月亮半偏，周怀深回到自己房间的时候，已经几乎没有意识了。他知道自己喝醉了，四肢僵硬，想动动不了。他依稀记得是几个兄弟将他扶到床上的。但是到了半夜，他在昏睡之中感觉到有人来到他床边，喂了他一碗水，还敷上了热毛巾。

第二天醒来，他看到方翠穿着一双木屐，踢踢踏踏地进来了。看到他，展颜欢笑，说："你醒啦，昨天晚上吐了半夜，差点呛住了。"

周怀深这才知道昨天晚上来的是她。

他想了想，觉得怪不好意思的。家里已经许久没用过用人了，就算要用，也用不起这么年轻标致的姑娘。可是方翠看起来并不介意，屋里屋外的，总能看到她。她果然是能干活的，忙完了晒场的活，又跑回院子里打扫。她的头上总扎着两个小辫子，辫尾有红绸带。她走路快，来去如风，

潮湿

走起路来两根红绸带在她身后飘飘的。

周怀深听到大家私底下议论,方翠是被人从乡下带来的,因为家里突然破败了,养不起那么多人,才把她送到戏班去,实际上就是把这个姑娘卖了。方翠长得标致。最初让她到戏班,是学戏的。可她悟性不够,没有学成出班。后来花艇没了,红姐也不怎么唱戏了。这些年因为战事,颠沛流离,仍然吃了不少苦。

周怀深喜欢跟方翠逗趣。她是那种不管有事没事,脸上总挂着笑的姑娘。方翠每天跟他们一起去晒场忙活,从早到晚,从来不喊累。

红姐有心撮合,说:"这战乱年代,今日唔知听日事,你收留咗她,我都安心滴。"其他人也跟着起哄,说:"现在打仗也不知道要打到什么时候,姑娘仔等不得。"

周怀深心里是有盘算的。以前有钱人家娶二房,也不是什么新鲜事。现在虽然说是新时代了,不允许纳妾,但有钱人家照样三妻四妾。再说战乱时期,生活艰难,有些人趁机娶了几个老婆,还说是做善事。

更何况,邓佩华她们现在在哪里呢?是不是已经?……周怀深不敢往这个方向想,想起来就觉得心里隐隐作痛。

这天早晨,周怀深起来,看到方翠在井边,一个人呆呆坐着,把头深深地埋在胳膊里。

"怎么了?"

"鞋子坏了。"

周怀深打量了一眼。这初春时节,天气依然是凉的。而方翠就穿一双木屐,冻得双脚通红。

"这双木屐是红姐的,绣了花的,比普通木屐贵好多呢。"方翠走不了,捧着鞋,龇牙咧嘴地心疼着。

周怀深安慰她，笑着说"我帮你补"。但他并不会补鞋，而且那双鞋已经完全坏掉了。这天中午，他一个人跑到镇上，给方翠买了一双布鞋。

"这是我的第一双新鞋子。"方翠穿上柔软的布鞋，摸了摸自己的脚，笑嘻嘻地说。

周怀深点点头，他想起邓佩华总是喜欢穿平底布鞋，因为她是一天到晚在成衣店里走动的。布鞋比木屐舒适得多，想到这里，他不禁心疼起了方翠。

周怀深娶了方翠。这是他在乱世中的一点慰藉。邓佩华已不知生死，孩子们也不知在哪。

那一夜，烛影深深。周怀深是在破落小屋子里，与方翠挤着一张破木床。方翠瘦小的身躯，依偎在他身边。周怀深喝了几杯酒，有点上头。然而他并没有完全沉浸在幸福之中，脑海里，总闪现着另一个人的身影。

突然地，"当、当、当……当、当、当……"屋子里响起了清脆的敲钟声。

"什么声音？"他吓得跳起来。

"敲钟啊，到正时了。"方翠惊讶地向他解释。

他当然知道这是座钟报时的声音，这熟悉的叮当声突然让他回想起许多年前他去钟表店买钟的那个情景。

他闭上眼，仿佛邓佩华就在身边。她无声无息地伫立着，在钟声里神色黯淡。

"怎么了，脸色这么难看！"方翠不知他在想什么，吓了一跳。

周怀深把头蒙在被子里，闷声闷气地说："把钟收起来吧，我讨厌这个声音。"

第二天起床时，方翠给他打了一盆水，侍候他洗脸。周怀深看在眼里，不由得心疼，说："你是我正经娶回来的，以后就是我的太太，不用像下人一样照顾我的。"

方翠只是笑，说："我习惯了，照顾人惯了。"

周怀深向方翠交代家里的情况，说："佩华现在不知去向，她要是在，就是正太太，你要听她的话。"

方翠噘起嘴，说："你刚才说我是正经娶回来的太太，现在又说我要听她的。"

周怀深解释说："规矩就是这样，她是大的。"

但是方翠摇摇头，说："我只听你的，我不认识她。"

周怀深希望能平安地暂居乡下，不敢想太远。他不断地通过各种途径打听邓佩华和孩子们的下落，可是出来逃难的人死的死、散的散，完全收不到任何关于她们的消息。很久以后，他才偶遇一个四处做生意的同乡，说起邓家，说他们一路往西行，听说已经到云南去了。周怀深听了非常高兴，到村头土地庙烧了三炷香，说："保佑她们平安，平安就好。"

09

上午九点，霍师傅准时进入工作室，取出了专门放钟表刷的盒子。

钟表修复中很重要的部分，是要将整座钟外壳和内部所有的尘垢、污渍处理干净。特别是铜镀钟，由于年深日久的腐蚀，通常整个壳面都是锈斑。但是依照钟表修复的规矩，哪怕是整个铜壳可以再造一个，也还是要保留主体的机芯结构，否则就不能称之为古董钟了。

霍师傅有一套自己专用的钟表刷，由小到大，一共七把。他已经开始对那座铜鎏金转花人偶钟进行清洗了。先将钟的外壳拆卸下来，用湿布擦拭，再用毛刷蘸试剂细致地清洗。机芯部分已经锈蚀严重，要进行彻底的清洗，才能重新配补组装。霍师傅在做这件事情的时候非常耐心，他端坐在工作台前，查、拆、擦、洗，几个小时一动不动，就仿佛时间已经静止了。

那些细碎的齿片，静静地散落在绒布面上，因为年久失修，大多布满了锈斑。霍师傅用镊子轻轻地将齿片夹起，逐件审视。

周炳南来的时候，霍师傅跟他仔细讲解每一部分的问题："时间长，耗工时。按照规定，这个钟是不能帮你修的。"他解释说，"但是我哥来求我了。"他略顿了顿，说："我哥从小到大，从来没求过我什么事。就这件事，他让我无论如何要办好。"

他是不擅长撒谎的人，说这句话的时候，连打了好几次停顿。其实霍晓光根本没有求过他，甚至发了脾气，说："你管好自己就是了，我的事，你帮不上忙。"是他很想帮助哥哥。这么久没见嫂子，他直觉知道是出了问题的。

他一个人安静地干着活。苏师傅到外地参加钟表研讨会去了，所里现在只剩下他这位会修钟的师傅。

算起来,他在这行已经干了十多年了,技术级别上跟师父已经是一样的。他本来早就可以独立工作,可是因为一直与师父搭档着干活,第一次没有师父在身边,心里总有些没底。但也只能自己克服,作为一名钟表修复师,迟早是要独立的。

这个钟表修复组因为是新建的,需要修复的古董钟表着实不少。他们两个人日夜赶工,但还是赶不上进度。所里已经作了安排,年底的时候要举办一场钟表大展,将收集回来的钟表全部进行展示——这就意味着,他们要把手上的钟表尽快修好。

好在由于苏师傅极力争取,所里终于同意再请一位修钟师傅。他这几天去外地开一个钟表研讨会,让霍师傅先把人手安排好。"跟着我学过几年,人是不错的,手也巧。"苏师傅临走时交代。

师父说了不错,那肯定是不错的。制表这门手艺,听着虽然普通,做起来可一点也不容易,需要极灵巧的手,眼明手快,心思细腻。有的人看不起这份活计,但也有的人感兴趣,可是手劲不稳,不细腻,想干也干不了。

小冼是早上九点到的。这是个极白净的年轻人,进来先敲门,然后低头恭恭敬敬地叫"早上好"。霍师傅正在整理工具,将一整组锉子数点收齐了,看到这样一个有礼貌的年轻人,第一反应是心情愉悦。小冼走到他面前,试探着问:"请问您是霍师傅吗?"霍师傅首先注意到他的手,那双手手指细长,指骨分明,一看就是适合做钟表手艺的。霍师傅点点头,说:"你是小冼吧,盼着你好几天了。"

小冼怯生生的,不好意思地笑了。手里拎着两个大的编织袋,他解释说刚到广州来,连住的地方都没有,这几天找房子,竟然坐错了好几趟车,只好把行李带在身上,中午再去城中村找找看。

霍师傅皱了眉,说:"那怎么行,总得有个落脚的地方。"他是承诺了苏师傅要照顾小冼的,于是给小冼倒了杯水,说:"先喝杯水,没有住所是绝对不行的,我带你去找房子。"

出于经济上的考虑,霍师傅带小冼去了单位附近的城中村。两个人在中介的带领下看房,小冼虽然表面上说没有要求,但是对"握手楼"明显表现出了厌恶,说"太阴暗了,一点阳光都没有"。接连看了好几家,最终确定了一座带院子的私人住宅,房价稍贵,但独门独户的。

房东是个五六十岁的老人家,穿一件白色汗衫、孖烟囱短裤,热情地带他们去看房,边走边问他们的职业。老人家解释说这是自己的房子,宁愿租收少些,也要保证房间干净。

"近来可能要拆迁了,就收便宜些。"这个穿汗衫的老人家解释说。

霍师傅觉得这个人的模样有点像周炳南,不过他们这样的本地老人家,从长相到谈吐,说话的口音,大概都是差不多的。

当下谈好了,立刻就入住。

小冼的行李十分简单,入住以后简单铺设一下,就算完成了。小冼告诉霍师傅,他一直在品牌钟表店工作,最近公司除了安排他修表,还要求他卖表,他只好把工作辞了。

霍师傅说:"我看你也不是喜欢卖东西的,不如专心跟我们学修钟吧。"

小冼点头说"好"。

第二天一大早,霍师傅就开工了。他不希望周炳南下次来的时候,还是看到一堆破烂。

阳光斜斜地照入大窗子,从他那个角度看,却是一片阴凉的。只看到外面的几棵桉树,闪闪发光。不知不觉,夏天来了。霍师傅以顺时针的方向旋下走发条,屏住呼吸,小心翼翼地,拧下闹发条的开条匙。

时钟"当当当"地敲响。上午九点,小冼到了。霍师傅略点头,算是跟他打了招呼，然后继续低下头，轻轻地，以逆时针方向旋下对闹匙，用起子旋出提环座的螺钉，取下提环、提环座。

他用镊子将衬片小心翼翼地夹出，放在绒布面上。把工作完成了大半，这才想起小冼，赶紧满怀歉意地说："屏风旁边是专门用来休息的，那里有开水。"

小冼点点头，表示知道。

霍师傅的心安定了。他虽然一天到晚不跟人说话，可是永远一个人，他也是害怕的。他换了个舒服的姿势，换了合适的钳子和起子，旋下钟脚及支架。最后，他用薄口起子在后圈与钟壳之间的隙缝处撬，使得钟壳和机芯部分完全分离。

苏师傅不在，霍师傅颇为犹豫。按照过去的规矩，他们俩应该一气呵成，把钟表的内部结构拆卸了，逐件分解，按照不同部分区分开，分组编号，登记存放，便于之后的按件修复。可是小冼是新手，霍师傅不知道他能不能完成。在启动修复环节，这一部分是关键，万一拆下来的时候混淆了，接下来的工作就会一团乱。

小冼坐在窗边工作，不时抬头望着窗外，一副心神不定的样子。跟着霍师傅先做清洗，一个小零件洗过了，表面上看不出问题，可是霍师傅这样的行家一看，就觉得不过关。"戴好手套，"霍师傅不满地吩咐道，"不怕手烂掉吗！"

广州正准备入夏，天气是十分多变的，早上还是阳光灿烂，一转眼，天空布满乌云，接着雷声轰隆，暴雨如注。小冼师傅本来一直低头干活，突然哎哟地叫，说："下雨了！早上还是好好的。"霍师傅说："不用急，这是过云雨，没半小时就停了。"小冼一脸痛苦，说："可是我晒被子了。"

下午三点，陈大姐走进来了。她看到苏师傅不在，闲聊几句就走了。

霍师傅也不想跟她多说。到了四点多的时候，丽瑜来了，手里端着一只白瓷果盘，说："听说你们这里来了新人，我来送见面礼。"她手上拿的是本地李子，青里透红，看着就是新鲜采摘的。上面还挂着水滴，显然是她精心洗过了。霍师傅望着她，笑了笑，以示感谢。

丽瑜向小冼介绍所里的部门设置，告诉他工作累了可以去院子里走走，认识一下其他同事。"刚来肯定事情多，城中村要注意安全。"小冼乖巧地点头，丽瑜又说了一些其他的注意事项，从饮食、交通方面一一介绍了。

到了快五点的时候，曹师傅晃晃悠悠地走进来了。霍师傅赶紧跟他介绍。曹师傅听了以后，脸色很不好，他向来不怎么参与修复工作，然而看到多了一个同事，还是很不高兴——这样钟表组就变成三个人了。

他上下打量了一下小冼，问："很年轻啊，你多大了？本地人吗？做过古董修复吗？"

小冼老老实实地回答："没有，以前是做钟表的。"

曹师傅听了直摇头，一脸不屑地说："修表跟古董修复不是一回事。你小心点，别搞坏了，这些古董钟可值钱了。"

霍师傅心里觉得有些膈应，认为不应该这样教训老实的小冼。但他犹豫了一会儿，还是把气咽了下去，没有再说什么。

曹师傅今天待得略久，大概是因为有新人来了，他想摆摆前辈架子。他走到钟架上去拨动每一座钟的钟摆，随意找出一架，翻看前后座，上紧了弦。

在小冼进里间打磨材料的时候，他飞快地凑到霍师傅跟前，压低了声音说："好端端的，怎么安排进来一个关系户？"

霍师傅吓了一跳，想"你才是关系户呢"，但他也不好得罪曹师傅，特别是师父不在的情况下。他压抑着情绪，耐心解释说："最近所里活多，我实在是忙不过来。"他指着其中的一座铜鎏金牛驮水法钟，"这座水法钟，是省博委托我们修的，月底就要修好。到现在玻璃管还没做好，凹凸面很不精致，你说怎么办？"

曹师傅听不明白他在说什么，不敢搭话，假装找东西，讪讪地走了。

小冼在一旁认真地干活。他果然是适合这一行的，寡言少语，手上的活儿却很细致。光看进度可能会稍显落后，一下午只拆了一个链条。但霍师傅并没有催他。修复手艺就是要求细致、稳当，不贪快，讲究慢工出细活。

"这些锈迹一定要清洗干净，不然以后还是会有粘连。"霍师傅告诉小冼。小冼虽然是极仔细的人，可是在钟表这一行，这只是个起步标准。

至于内部，也是要拆板取出各部分零件，一点点地修复。

霍师傅用尖嘴钳从机架后面顶起扣压钟盘的爪钉，接着从正面撬起爪钉，将三根指针拆离钟盘。由于年深日久，大部分零件都勩扣了，必须十分耐心、细致，才能将问题处理好。他盯着钟体嵌着的螺钉，一眼就看到有几颗已经毛口了。

"像这种毛了口的螺丝，一定要非常谨慎。要是把螺帽彻底弄断了，那就麻烦大了。"

他们将拆除的零件分成六大部分，各个部分装箱登记。小冼负责把部分零件放入超声波清洗机，除去尘迹污垢。工作一做开了就收不了手，到了下午六点，霍师傅不得不让小冼停下来，赶紧下班回家。"你刚搬了新家，得花时间把家里打扫一下。"霍师傅解释说，他自己也是这座城市的外来者，对初来乍到时的生活情况十分了解。小冼虽然正做得顺手，想了想，还是把零件分箱归整后，高高兴兴地走了。

不知不觉，已经快七点了。霍师傅抬起头，看到外面明晃晃的，太阳还挂在屋檐边上。随着夏季临近，天黑的时间越来越晚。

丽瑜进来了，问他什么时候能走。

"你等等，我再收拾一下。"霍师傅正在用铣齿滚刀做轮齿。趁着工作室人少，他想额外花工夫做这些细碎的活儿。

霍师傅向丽瑜说起周炳南来过的事，说："你细叔家的钟，只能慢慢修了。"丽瑜点头表示理解。

两个人沿着院墙小路慢慢地走。这个地方环境清幽，人影稀少，绕过了研究所，往前走就是一个植物公园。霍师傅提议一直沿着古院墙走，走到底是一家新开的私房菜馆。

"私房菜馆？不会很贵吧。"丽瑜笑笑。她向来对钱不太在意的，但是跟霍师傅在一起，她总是不由得替他着想。

"不知道，去看看。太贵就不吃了，反正时间还早。"霍师傅面对丽瑜的时候，也是憨憨的。

顺着古老的蜿蜒小路，两个人慢慢往下坡路走。沿途因为都是研究所，只看到红而斑驳的砖墙。院墙从里到外垂下藤蔓，密密麻麻地缠绕着，结成了另一层绿色的墙。偶尔有一些砌好的花圃，里面种的簕杜鹃开得正烈。正好夕阳西下，显得沿途一片红艳艳的。丽瑜说："簕杜鹃花期长，这一开能开到秋天，每天都那么好看。"霍师傅笑，说："你喜欢？那以后每天我们都到这边来散步。"

丽瑜不说话，笑着点点头。此时太阳已经渐渐沉下去了，天色暗了下来。她摇摇头，说："这么快就天黑了，一天又过去了。"

霍师傅赔着笑，说："是这样的了，一天一天地过去了，一年一年地过去了，然后一辈子就过去了。"

丽瑜正打算接话，突然头顶上一片阴影掠过，墙头上出现了一只猫，"嗖嗖"跑过，"喵"地叫了一声，把她吓了一跳。

霍师傅将丽瑜搂在怀里，拍拍她的肩，以示不要惊慌。

丽瑜看清楚了是一只白色的大肥猫，又不害怕了，从口袋里掏出一个李子，笑着说："好像老了很多，去年还是只小猫呢。"她把李子扔到墙砖上。然而突然一阵"喵喵喵"，墙上又出现了两只小奶猫。

"呀，它已经当妈妈了。"丽瑜惊讶得捂起了嘴。

霍师傅站在她身边，静静地陪着她。天阴下来了，有风一阵阵送过来。大概因为是院墙环绕的地方，风过得特别频繁。那白色的大猫就趴在墙头，仿佛认识丽瑜似的，"喵喵"地叫唤。丽瑜扔出李子逗小猫，学着猫叫，仿佛跟它说话似的。直到它们玩累了，"嗖"地一下从院墙跳下去了。

丽瑜这才意识到霍师傅已经陪着很久了，忙说"不好意思"，拉着他的手，说要赶紧吃饭去了。但她一边走，一边还是追寻着那几只猫的身影。她突然生出了感慨，说："半年不见，它就当妈妈了。猫的一生比我们短太多了。它们的成长、恋爱、生育，周期都非常短。"

霍师傅点头说"是"。他对于猫了解得不多，所里的院墙上经常趴着几只野猫，他只是偶尔看看，与它们对望，却没有关注过它们是否交配、生育了。

"时间虽然是一天天的，但也要跟生命作对比。如果这个世界上没有生老病死，没有生命的流逝作为对比，那时间的存在可以说毫无意义，对吧？"丽瑜突然问道。

她说完之后，转头望着霍师傅。但她并不是想等待他的回答，她知道他是个不善于表达的人。她只是在这一刻，感觉到了一些生命的喜悦。在安静之中，在平静之中，她觉得这一刻值得挽留。

霍师傅没有说话，仍然是轻轻地搂着她。作为一个修钟表的人，他必须恪守时间的丈量规则，然而在某些时候，时间的长短和计量方式完全不重要。比如在此时此刻，他就觉得时间应该是静止的，他希望时间是静止的。

chapter 4

第 四 章

"技术方面我不知道,但是一座钟准不准,对于每天的生活来说,其实也没那么重要。"

"其实也没关系的,不过对于钟表师傅来说,最重要的职责就是保证这只表走时准确。"

10

卢淑芬住了一个星期医院,还没出院,群姐又请了假。

周炳南去医院给卢淑芬送饭,也顺便去看望了一下群姐的孩子。群姐的孩子是踢足球时伤了脚,骨折了,说是在医院住一个星期,就可以回家了。周炳南说可以到家里来住。他心里烦躁,脸上也藏不住。群姐说不用了,孩子很快就会回学校,她会回来帮忙的。周炳南听了,心里才觉得安定些。

回来的时候,在巷口与阿清撞了个正着。

阿清是周炳业的太太,从前年轻的时候也在印刷厂工作,跟周炳南曾经是工友。后来她调去了纺织厂,下岗之后还在巷口租了个门面卖衣服。周炳南跟周炳业之间向来没有好话,但跟他太太却是关系不错。大家巷头巷尾几十年,每每遇到,都会礼貌地打个招呼。

阿清看了看周炳南,欲言又止。周炳南知道她是想问卢淑芬的情况,忙客气地说:"她没事,不用担心。""实在不好意思,我们想去探望她的。"站在她身边的年轻人说道,是周炳业的儿子德斌。

德斌是周炳业唯一的儿子。他从小学习散漫,中专毕业后就没再读书了,断断续续做过几份工作,很长时间待业在家。最近听说在搞网络电商,在家里就可以办公。街坊们都说他最近赚了点钱,不时能看他在街巷里晃悠。周炳南不懂网络的事,见了面还是会担心地打量,想这孩子又是好几天没上班了。

德斌冲周炳南亲热地笑,称呼他"阿叔"。家里的事情他大概知道些,但是这些年来,他见到周炳南,从来不会恶语相向。他跟丽彤自小在同一个学校读书,感情一直很好。街坊们的孩子常称长辈为"阿叔"的,这样喊并没有什么问题，显得很亲切。

周炳南再次点头，笑着问"吃饭了吗"，与周炳基冲突的事，一句也没有提。

中午回到家，感觉有点头晕。夏天一到，日头越来越毒了。他给自己泡了一壶茶，慢慢啜着。刚跑了医院回来，总觉得有些疲累。大概是年纪大了，他慢慢地想着，怕不要中风了吧。家里已经有一个老人中风了，再有一个，丽彤就没有家了。他这么想着，心里就有些紧张，收拾了一下，给自己印堂、人中上抹些风油精，找出大葵扇不停地摇着。

一个人在家，他不想费工夫了。在冰箱里找出半条咸鱼，泡开了，切成粒，待到电饭煲里的饭煮得差不多了，拌了姜丝，直接把咸鱼扔到饭面上。冰箱里常年备着一些肥肉，他切了几片，也扔进电饭煲，最后把青菜铺上。

等到电饭煲跳闸了，他才在饭面上撒上葱花，淋了几滴酱油。葱是院子里一直种着的，随时可以拔，做菜时用来增香最好了。

咸鱼的香气完全地渗入白米饭中，酱油挥发得刚刚好，色泽红润。肥肉是不吃的，但是没有这两片肥肉，这碗饭就不够香了。他将酱汁和饭搅拌在一起，直到每粒米饭都沾着酱色。

饭菜香甜。他吃饱了，满意地擦着嘴巴，不由得想起了小时候家里穷，一家人没有肉吃，只吃酱油拌饭的日子。

午睡起来，突然觉得很安静。周炳南坐在门口，阳光当空照耀着，明晃晃的。他感觉到有点孤独，很想跟人说说话。想想也只是上午的事，可是一个人年纪大了，朋友就越来越少，没有老伴在身边，就真的只剩下一个人了。

正在这时候，突然有人喊了一声："爸！"

周炳南见到霍晓光，首先是不知道怎么反应。自从丽彤打算离婚，他就不太跟霍晓光说话了。他略点头，算是打招呼。霍晓光提着一个蛇皮袋，说带来了老家的水果。"家里送了一大袋来，吃不完，给妈吃吧，她喜欢这种李子。"虽然是在办离婚手续中，毕竟还没有正式签字，霍晓光也依然叫卢淑芬为"妈"。

"嗯，你妈……住院了，你还不知道吧。"周炳南将事情的经过告诉了他。

"那我现在去看看她吧。"霍晓光说。周炳南也是略点点头。

医院就在附近，翁婿俩慢慢走着去。周炳南满心不自在，虽然佯装笑容，走了一路也有点僵了。本来是已经要签字离婚的了，因为搬迁的事，他怕节外生枝，就吩咐丽彤先拖延着。但他心里也有些犹豫，希望在这段时期内两个人能改了主意，重新在一起。只是看丽彤现在的态度，几乎是不可能的了。

卢淑芬看到霍晓光来，略点头，用含混的声音招呼他坐。自从中风以后，她的面部表情就不太灵活了。

"这是你女婿？长得真是一表人才呢。"旁边有病友搭讪，让他们都略有些尴尬。

卢淑芬住了几天院，打了些吊针，做过几轮检查，确定问题并不大，只是因为在医院里做康复方便，也就愿意多住几天。霍晓光说明天一早再来，她连连摇头，说："过两天就出院了，不要麻烦了。"

霍晓光穿一身西装，在病床边站得笔直。他是做销售的，从早到晚总是电话不断。他接了几个电话，觉得不好意思，立刻把电话调静音了。但不一会儿又听到"嗡嗡"的声音，他忙飞快地把手机按掉。"你有事，先走吧，有心了。"周炳南连忙说。霍晓光摇摇头，说："我再陪妈坐一会儿。"

周炳南从住院区走出来，觉得日头太烈了。他一路沿着树荫走，迎面碰到很多坐着轮椅的病人，大概是因为医生吩咐过，要多晒晒太阳的。他心里计划了一下，明天可以早点来，也推着卢淑芬在外面走一走，让她晒一晒太阳。

正缓慢地走着，电话突然响了。

打来电话的是邓敏忠的儿子，是报丧来的。

周炳南一听到消息，立刻就愣住了。他简直不敢相信，明明几个月前见面时，人还是好好的。那时候看上去十分硬朗，还很健谈，说起往后几年的事，都有计划。不过短短几个月，突然一个人就没了？周炳南毫无心理准备，突然觉得天旋地转，眼前一片黑。

他硬撑着走到一条长椅前，还是感觉脚步虚浮，似乎自己的生命也在飞快地流逝。这些年来，不断地听到同龄人离去的消息，这些无一不在提醒着他生命的短暂与脆弱。他向来觉得自己对人生并不贪恋，对死亡是有心理准备的，没想到听到这样的噩耗，发自本能地就害怕起来。

周炳南一个人坐在长椅上，呆呆地坐了许久。风吹树摇，他看到有叶子从树上飘落，感觉万物自然生长，一切自有规律，心里才平和了些。他回想起当年母亲离世的时候，自己也是十分悲伤，但还不像现在这样，带着一种面对死亡的恐惧感。也有可能是这段时间跑医院，看到的生老病死太多了。仔细想想也没什么，人总是要死的。眼看着太阳落山了，他略平复了心情，想着赶回家，还要给丽彤做饭。没想到这时，电话又来了，却是丽彤的，说她要加班，不回家吃饭了。

"哦，知道了。"周炳南听了这话，有些失望，他还打算专门给她烙鱼饼的。正好碰到菜场里有白饭鱼新鲜到市，还没下鱼池就捞回来了。

丽彤最近在做代理的收尾工作。说来也巧，她遇到了一个机会，有个做国产品牌的同行,打算转让一家代理店。这是现成的店铺,代理的也是一个国内知名品牌,朋友要出国,同意转手。丽彤盘算了一下,觉得这是个好机会。

"一来省了装修的费用,二来我自己开过店,知道怎样运营。"她最近心烦,说得也多些,但也只是吃饭的时候说,吃完就上楼去了。

周炳南愿意听她说生意经。他记得母亲在世的时候,也是这样一五一十地算账,只不过以前是用算盘。母亲年轻的时候,就很会做生意。

现在,他每天最重要的事,就是等着丽彤晚上回家,做饭给她吃。不管多晚,他一定守候着,坐在院子里,摇着葵扇,吹着风,听着收音机,这样时间就会过得很快。他有时也会觉得自己越来越像一个老人了,有着一切老年人专属的爱好,然而也没有办法。

好在丽彤也明白他的心意,总是尽量回家吃饭。她收了铺做完清点后回来,都快深夜十二点了。但是周炳南总是能等到。等到她回来之后,他立刻忙着给她温汤、炒菜。丽彤也不急,由着他慢慢做。吃着他做的饭菜,脸上露出满足的笑容,说:"昨天晚上我去看过妈了。下班时间人家不许探视,只是站在病区门口简单说了几句。"

周炳南安慰她说不用担心,过两天就出院了。丽彤现在要操心的事情很多,她总是说"生意还好",但他看得出来是不太好的。她成功盘下了门店,准备接手别人的生意了,脸上才有了一些笑容。

"那么,钱还够吗?"他小心翼翼地问。

"已经请了会计核算,店面资产没多少,就是租金贵,"丽彤说,"不用担心,理顺了就好。"

为了让她吃得好一些,周炳南总是准备着她喜欢吃的菜。比如佛手瓜炒肉,到了快上市的季节,他总留意着。这天他做的是莲藕焖掌亦、甜笋炒肉。丽彤喜欢吃肉食，但是又嚷着怕胖，他便常做些表面不见肉的菜，哄着她吃。

搬家的事也是一直在催促着。因为急着住进去，也没有大修，只是稍微收拾了一下水电路。但锅碗瓢盆都给她配置好了，还专门请了钟点工去清洁窗帘。

已经安排得很周到了，周炳南还是不放心，让丽彤有空一定要亲自去看。"需要拉线的，打钉的，要赶紧说，我去请人做。"丽彤点头，然而她最近实在太忙了，根本没时间去看。

吃过饭，歇了一会儿，周炳南端出了微冻的西瓜。西瓜切成片，怕她不吃，又切成丁，放在一个小碗里，一块块地插上牙签。

丽彤吃过水果，玩了会儿手机，就洗澡睡觉去了。自己开店营业，注定是辛苦的，人、财、物方方面面都要考虑周到。她不愿意让父亲操心，总说是小本生意，容易应付，自己知道该怎么做。然而周炳南还是操心的，知道现实无情，瞬息万变的时代环境之下，个人抵抗不了命运，冥冥中总有变数。

霍晓光每天都去医院探望。他工作那样忙，还每天都抽出时间，可见心里还是重视的。周炳南想告诉丽彤，劝她再考虑一次，又怕她听不进去。听丽彤的意思，两个人还是有联系的。架虽然吵过，但现在关系也缓和了许多，似乎没有到非离不可的地步。周炳南觉得很头疼，不能催他们离，但是也不敢劝和，一提起这个话题丽彤就翻脸。

晚上一个人看电视没意思，他戴上老花镜，去书架随便抽出一本书来看。没想到抽到的是一本军事书，讲的是战斗机的进化史。封面很新，大概是放了许多年也没有人看过。他好奇地翻了翻，不记得自己什么时候买的——也不可能是丽彤买的，她从来不喜欢看军事方面的书。他仔细看了一下各种轰炸机的机型,从二十世纪四十年代的美式轰炸机看起,一页页翻下去,只看到各种灰的黑的机身、机翼,现实中大概是庞然大物,印在书上就只是颜色鲜艳的公仔画而已。他翻了一会儿,觉得没意思,就放下了。

过了几天,卢淑芬出院了,群姐也回来了。周炳南这才松了一口气,立刻接着去办搬迁的各种事宜。拿着拆迁办的通知,去居委会开证明,根据文件指引,办理水电煤户头销号,一件件去跑。这些事情烦琐且很难一次就办成,只能一天天地去。有一部分项目是有补贴的,他想了想,还是舍不得放弃。

周远兰的儿子彦文在街道办事处工作,周炳南本来不想去找,怕求人,但有些项目实在弄不明白,只能去找了。有彦文带着,办事方便了很多,不需要再像无头苍蝇一样,在办事大厅毫无头绪地乱转。

接下来要兼顾两座房子的装修,就更奔波了。

11

一九四五年，抗战胜利后，周怀深带着方翠回到了广州。

他去过邓宅，那里已经被炸成了一片废墟。听说邓家的几个兄弟四散东西，有的已经决定在云南定居，再也不回来了。周怀深不敢再去找了，宁愿心里留着一个遗憾，等着她们回来。

他有时晚上做梦，会梦到她们。一个小小的幼童，伸着手，向他走来。他觉得这是远兰，想奔过去，可是怎么也够不着她。他不想眼睁睁地看着她离开，拼命地追上去……然后就醒了。他宁愿忘记这些梦，他听说只有鬼魂才会进入梦里。

周宅也在战争中被摧毁了。周怀深找到了哥哥，傍着哥哥一家住，后来在郊区租了一个极小的房子，跟原来的邓宅离得很近。

战后，许多外逃的大户陆续回到了广州，周怀深每听到有熟人归来，都满怀希望，想象着哪天推开门，就能看到她们母女。然而等了很久，始终是没有等到，他不敢打听，害怕听到不好的消息，从此永远地失去了她们。

直到有一天，周怀深收到了一张请柬，是一个远房表叔摆的娶新抱（儿子娶老婆）酒。

周怀深是个生意人，逢到这种事，总是特别积极，当下就带了礼物，在礼品店里包装好，自己穿了一身新净，趁早过去。临出门前，方翠替他打领带，按照西式打法，稳稳地打了一个结。

本来是生意应酬，由于方翠怀孕了，他便打算带她过去，让她吃好一点。

这要在过去，周怀深自己也觉得是小家子气行为。可是如今战乱年

代，人人都吃不饱，哪还顾得上什么脸面呢。方翠怀孕以后，也是一直挨饿，没有什么营养。他希望母子平安，

他没想到，是在这里与邓佩华重逢的。

虽然是在热闹的人群当中，他却一眼认出来了。她们母女三人坐在一张靠边的酒桌上。那个身影他太熟悉了，哪怕是隔了许多年，也是能一眼认出来。

邓佩华安静地坐着，旁边坐着一个同样安静的女童。周怀深猜这就是远兰，远兰旁边坐着一个半大人高的姑娘，那应该就是远梅了。

周怀深只觉得心里一阵阵痛。他记得自己走的时候，远梅是那样圆圆的脸蛋，笑起来还有酒窝，如今却是又干又瘦，一副营养不良的样子。

酒楼里人多嘈杂，锣鼓喧天。婚礼按足了传统执行，新郎家巡回敬酒。饭菜还没有上桌，已经有人喝得酩酊大醉，倒在一张桌子旁边，又引起了一阵喧哗。她们母女三人缩在最旁边的一张桌子，两个小孩都没有座位。虽然是这样，却不舍得走，孩子巴巴地望着宴席上的吃食，口水都要掉下来了。

一盘红烧肉刚端上桌，远梅就立刻伸出了手。她的手又细又长，瘦得像鸡爪子一样。她是馋住了，脸上写着渴望。

邓佩华急忙将孩子的手挡住，说："没规没矩！"但远梅没有收手，还是一把伸过去，显然是那肉味太香了，太有诱惑了。她一把将肉塞进嘴里，鼓起了嘴，拼命地嚼着。

"你看你，这个死样！"邓佩华恨起来，用手捂着她的嘴。

小孩呜呜地就哭了，很委屈的样子。又是喜宴，听不得哭声。邓佩华立刻把远梅拖出去。然而远兰并没有跟着出来，她伸出手，使足了小孩的力气，拼命地伸向桌子中间，奋力挣扎着，希望在最后一刻得到自己想要

的。邓佩华赶紧又回来抱远兰,远梅在那头哭得更大声了。所有人都往孩子哭的地方看,她一脸张皇。

邓佩华拼命用手拦着,众目睽睽之下,她觉得实在太丢脸了。周围的人都望过来,更让她羞得抬不起头来。然而,她仿佛感觉到了什么,突然转向周怀深的方向。

她也是从一开始,就注意到了这个人。他的身形,他的动作,像极了自己日思夜想的丈夫,可是她不敢认,因为周怀深身旁还站着人,从身形上看,大概已经有孕四五个月了。

"佩华!"他走上前去,叫了她一声,声音是颤抖的。

"哦。"她终于确定是他,但是也看到了站在他身边的女人。她仿佛不认识他似的,还是去拉小孩,说:"不要哭了,再哭菜就没有了。"

两个孩子早已不知道他是谁。她们的眼睛始终只盯着桌上的肉。听见说不哭就能回去吃,孩子们立刻用手抹去脸上的眼泪。小孩子哭起来鼻涕特别多,都掉到衣服上了。远兰低头看了看自己的衣服,有点惭愧,但立刻又往酒桌回跑,迅速地爬回桌子边,继续她的抓肉计划。

邓佩华牵着远梅,也迅速地回到酒桌上。"别哭了,多吃几块,是妈妈不对。"她低垂着头,不让别人看到她眼里涌出的泪水。

周怀深站在一旁,呆呆地看着她。他没有意识到,自己的眼泪也掉下来了。

重逢的场面虽然有意外,但好歹也是找到了彼此。邓佩华是跟弟弟启荣住一起。因为邓宅被炸毁了,他们要想办法重建。周怀深把她们接到了临时居所。启荣的太太也要生了,家里实在住不了那么多的人。

周怀深将事情的前后经过告诉她,说:"我不收留她,红姐也没法一直带着她。她一个姑娘家生活在乱世,能有什么好结果?"

"那么现在不打仗了,要怎么办呢?"邓佩华板着脸,仿佛没听到他的话。

周怀深低着头,不敢作声。邓佩华也没办法说话。还能怎么办呢?孩子已经快要出世了。

方翠生下了一个男孩,这是她给周怀深生下的第二个儿子。由于长子取名炳基,这个孩子就叫炳业了。虽然是战后,但周怀深迅速找到了做生意的门路。他做过药材批发,还兼做金器倒卖,他也不怕别人说他是发战争财,总之是什么赚钱做什么。

大概由于他确实有经商的天赋,慢慢地又存起了钱。战后衰落的人家不少,他看准机会,先是置了一块地,请人建了房子。本想一家人全搬进去的,考虑到邓佩华的感受,最后还是放弃了。正好街尾有套房子要卖,他便买了过来。本来想把大的给邓佩华,小的给方翠的。可是方翠跟他吵,叫他要为孩子们着想。周怀深考虑再三,还是让方翠住进了大房子。

邓佩华带着两个女儿搬进了小房子。她说这个房子好,带着院子。说这话的时候她面目平静,脸上没有任何表情。

周怀深从此天天在外头奔波,他发现自己享不了齐人之福。

邓佩华不用说,看到他便扭头、转身。方翠那边,虽然平时有说有笑的,但一听说他去大房那边,就会立刻变脸,还伸出手故意拧孩子几下,把小婴孩痛得嗷嗷叫。

他怕家里鸡犬不宁,也就减少了去找母女三人的次数。但是不去那边,邓佩华也是憎恨的。小孩子长得快,过一段时间不见,感觉又陌生了。

好几次,他拉着远梅的手,逗她说话,可是她却狠狠地甩开他的手,跑得远远的。他低着头，感觉很难过，因为他心里的远梅，总是当年离开前，那个咯咯笑的样子。

这天，又是两边都要给家用的日子。周怀深早早就把钱给了方翠，可是方翠不领情，说："现在什么时世，这点钱够买什么？"他一气之下，跟方翠吵了一架，然后跑到邓佩华这边来了。

他是带了家用来的，她也不好太过无情，振作了精神，强装笑容，招呼着他吃饭，让孩子们叫他"爸爸"。

远梅狠狠地瞪了他一眼，没有作声。她现在正是叛逆的年纪，看到自己的父亲，特别是这样一个父亲，简直就像看到仇人一样。

"不叫我吗？我还给你带了糖来。"他炫耀着举起手里的糖果。

没想到远梅气冲冲地进了屋，摔了帘子，说："谁让你来的？你不是住在这里的！"

晚上，孩子们都睡熟了，夫妻俩相对无言。他喝了点酒，本想让自己开心点，没想到上头了。他斜着眼看她。她是恨他的，这么些年了，一直没个好脸，仿佛对他已没有任何的感情。他已经解释过无数遍了，那样的战乱年代，今日不知明日事，能努力活着就不错了，还希望他能怎么样呢？

"你很少跟孩子们提起我吧，远兰像是不认识我了。"他不满地说。

"她还那么小，许久不见，就忘了。"邓佩华不冷不热地回答道。

虽然是夜深了，她还是不能停下来，趁着孩子们睡着了，洗洗涮涮，把要紧的东西收拾好。现在虽然已经不打仗了，可是她明白，以后也不会再有用人帮忙了。

两个人对于这个婚姻走到今天，也是非常无奈。可是能怪谁呢？她不时想起他，可是想到他，又只有恨意。在那些颠沛流离、朝不保夕的日子里,他在哪里呢?在那些饿得前胸贴肚皮的日子,他在哪里呢?她心里满怀希望,觉得只要没听到他死亡的消息,就还有重逢的一天。可是万万没想到,最后竟然是这样的结局。

"近日物价又涨了,"她平静地说,"钱不够用。"

"近来生意不好做,时局动荡,商行也没个保障。"他淡淡地说。两个人不在一处,实在难以体谅彼此的光景。要怎么跟她解释呢?他虽是做着生意,却像是冒险一样,时不时被散兵流寇敲一笔。

"好在抗战胜利了,"他说,"没想到还有命。"

她不出声,他只有自言自语,说给她听。他记得有一次,一辆汽车就在自己前方不远处中弹。那是开在路上的汽车呢,"砰"的一声巨响,玻璃裂了。车子猛地停了下来。再仔细一看,开车的司机伏在方向盘上,只剩下半边头颅了。车上有几个人侥幸活了下来,尖叫着跑下车,四处乱窜,疯了一样。

他希望她能听进去。她经历过的,已成事实,无法改变。然而他经历过的,同样也是。他们都没办法未卜先知,在命运发生改变之前做出决定。但是她始终是一张冷冰冰的脸,仿佛什么也没听见。

"昨天我见到绍棠呢,他看起来气色不错。"周怀深仍然不死心,希望她能回应,"他跟我说刚找到一家酱园,愿意合作,准备在惠福路开一间酱油铺。"

邓佩华仿佛想起什么,徐徐说道:"我大哥,是在我们逃难途中死的。"

周怀深虽然听多了这些消息,但还是微微地颤动了一下。

"他是中了流弹死的,乡下没有医生了。我们只好把他抬到屋里,给他敷点草药。可是根本不管用,血一直流,把褥全染湿了。他握着我的手，惨叫了一晚上，才走的。"

邓佩华至今讲述起来，还是无法平静。她无法回忆那个夜晚，想起来就是一场噩梦。"他中了弹，肚皮开花了，肠子都露出来了。"她想起了那天晚上大哥的哀号，全身簌簌发抖。

两个人背对着，默然无声。就这样呆坐着，也有好几次了，如果不开口，能一直延续到睡觉。但是这一次，周怀深觉得委屈了，他斜眼看她，忽然将她扳倒。

邓佩华没有他力量大，立时被他压在了身下。但她只低呼了一声，立刻举起手，狠狠地扇了他一巴掌。

他愣住了。他想过很多种情况，可没想到她会打他。虽然他心里清楚，他是亏欠了她的。然而这一巴掌，始终是让他愤怒的。他本来就喝多了，头昏脑涨，此刻更觉得血往上涌，脑子里一片空白，完全管不住自己了。

他狠狠地将她压在身下，扯破了她的衣服。

邓佩华从此很少跟他说话。

她望着他的时候，眼神淡漠，像望着一个陌生人。这样的情形很久之后才改变。而他也还是怕失去她，因此总是拼命赚钱，每个月按时给家用。

邓佩华略带忧伤地一张张数着钱，眼角红红的，但已没有眼泪掉下来。她看到远梅、远兰怯怯地站在一旁，怕吓到她们，忙咧着嘴角，仿佛很高兴地说："你们看，这是阿爸送来的钱，明天赶紧拿去交学费。"她虽然穷苦，却很注意女儿的教养，一直坚持让她们上学。她跟她们说，一定要读书、识字，不用操心钱的事情。

她郑重地将钱分放至不同的信封，作不同的用途。周怀深给的这点，远远不够。但她出于志气，从来不向他多要。他给多少，她就收多少。她自己还做着一份抄写的活，以贴补家用。

12

霍师傅八点不到就回到了办公室，按照惯例，先清洁了桌面，将要修复的钟座搬出来，掀开保护膜。

周炳南送来的这座铜鎏金转花人偶钟，结构复杂，造型精美。它是以五盘发条为动力源组成各自机械传动部分。由下至上看，可以看到底层是乐箱，乐箱外雕铜鎏金山水景物；第二层两侧是玻璃双开门，内有一对人偶，主要装置着人偶的活动轨道；第三层是计时部分，外罩铜鎏金雕花座，正面嵌三针蓝色珐琅表盘；第四层是镂空八角亭，亭上为双层可旋转的料石花；顶层为一朵可旋转的掐丝珐琅玫瑰花。

底座是一套机芯配独立开关，人偶和亭子又是一套各自独立又相互联系的机芯，开关位于乐箱底部。当上下两个开关同时启动，乐声响起，人偶顺着轨道旋转，手中绸花舞动，双手左右摇摆，亭上双层料石花呼啦啦地旋转，顶部的玫瑰花也同时转动。

四套机芯，分别对应走时、打点、人偶和转花。

钟壳上大面积的广式珐琅彩已经锈蚀，需要请珐琅师傅去修复。由于很多广式古董钟镶嵌珐琅彩，钟表组跟省内几位最有名的珐琅大师都建立了联系，希望随时向他们请教——珐琅彩的程序非常复杂，对手艺的要求很高，只有最有经验的珐琅彩师傅，才有办法修复年代久远的古董珐琅彩。

阳光斜斜从窗子照进来。天气渐渐地热了，每天中午不到，就要打开风扇了。苏师傅上次参加培训，带回来两座珍贵的水法钟。一座是铜鎏金八方亭水法钟，一座是铜鎏金珐琅象驮水法钟，他打算两座同时修，出现什么问题还可以互相对比参照。

霍师傅一大早来到办公室，烧开水，泡了茶，摊开工具，开始了对条盒轮的修复。

到十点钟的时候，他已经基本完成了夹板的冲洗。眼看着原本黑乎乎的零部件，现在都焕然一新，散发着金属特有质地的亮光，霍师傅简直觉得身心舒畅。接下来是清理盒装组冲，然后才是修复摆挺、齿轮轴挺，冲击轴孔固定轮片。

他觉得可以休息一下，先喝杯茶，再将受损的齿轮一一补配，要去内间的修复室里做齿轮，那里有一台简易车床。

苏师傅在做一只白瓷象钟的组装工作，他依然愁眉不展。

拖了很长时间也离不了婚，主要是因为房子的归属问题难以协调。好不容易谈妥了，把房子留给了前妻，刚签完字，家里的老母亲就生病了。老太太也不知道是真病还是假病，成天躲在房子里不愿意出门，更不同意搬出去。苏师傅没有办法，只好先回来上班。因为耽误了工期，他下手有点急，在组装一个联动系统的时候，错看了一排齿轮的啮合，结果刚装上去，就卡住了。

"这下糟糕了！"苏师傅痛心疾首地说，"好不容易才磨好的齿片。"

他重新戴上放大镜，细致打磨一片片指甲盖大小的齿轮，没有再说一句话。

在各自的忙碌中，时间无声无息地流逝了。等到霍师傅觉得累了，提议大家休息时，时间已经到了中午十二点。

"都十二点了，钟还没响，怎么回事？"苏师傅忧心忡忡地皱起了眉。

"集体罢工了？"霍师傅开玩笑地说。

"不会吧，那可麻烦大了！"苏师傅紧张地盯着面前的座钟，脸色都变了。

话音刚落，满架子的钟都"当、当、当……"地敲响了。

"钟表没慢,是我自己的表快了。"苏师傅如释重负,高兴地放下镊子,不停地搓着手。

霍师傅因为要去珐琅师傅的工作室,并没有一起吃午饭。他把需要修补的珐琅件精心打包,用油布和废报纸包好,装到一个特制的铁盒里,一个人匆匆地走了。

珐琅工艺师徐师傅的工作室在特别远的郊区,来去很不方便。但是这些珐琅件小且脆,不敢轻易交给快递,只好自己亲自去送。霍师傅先是坐地铁,然后转公交车,下了车还走了十多分钟,总算到了徐师傅的珐琅工作室。因为交接不方便,一个星期当中常常需要有半天时间去跑。但这位师傅的珐琅工艺是行业内公认最好的,霍师傅怕交接不清楚,最后出来的成品不符合要求,总是愿意亲自跑一趟。

徐师傅正坐在工作台前,精心收拾着绘制工具。他抬头看到霍师傅,不好意思地笑,说:"正要走,你又来了,临时有点事。"

霍师傅忙告诉他需要怎样修复,特别是那座铜鎏金转花人偶钟,有大片的天蓝色广式珐琅彩,已经出现了严重的剥落。他把零部件从铁盒子里取出,又把自己手画的修复草图摊给徐师傅看。

"这比重做一个还费劲。"徐师傅皱着眉头说。

"总之拜托您了。"霍师傅低声下气地说,"我们也知道这个不容易,只得求您帮帮忙了。"

徐师傅收了件,签完字,就急匆匆地走了。他跟霍师傅说,具体的事宜可以跟徐佳卉交代。

徐佳卉是徐师傅的侄女,这几年一直跟着徐师傅学手艺,天天待在工作室里,霍师傅早就与她认识了。佳卉是二十出头的年纪,像所有她这个年纪的姑娘一样,喜欢穿T恤短裙,喜欢笑,笑起来甜甜的。

"今天这几件，似乎年代很久远呢。"佳卉接过了他交来的珐琅件。

"以前的珐琅彩是这样的，比现在的华丽多了。"霍师傅笑着解释，"最近徐师傅接活很多吧，麻烦你提醒着，不要忘了我们的活件，我们这边等着排期的。"

佳卉咧着嘴笑，不住地点头答应。她请霍师傅先别急着走，坐下来，喝口茶，检视一下还在修复的作品。

霍师傅随着她来到工作台前，看到一只完好的掐丝珐琅四方瓶。瓶子是珐琅品的经典造型，大约十厘米高。天蓝色的广式珐琅彩瓶面上，嵌着银色的掐丝兰花和线条流畅的萱草，做工精细。"这是我自己亲手做的。"佳卉还像个小孩一样，喜欢展示自己的本事，喜欢听表扬。霍师傅忙点头夸奖说"手艺不错"——鼓励她不断精进，将来像徐师傅一样，成为声名远扬的工艺名师。

"我只要赚够吃饭钱就可以了。"佳卉噘着嘴说，"成为大师哪有那么容易，你看我细叔，除了偶尔出去谈生意，就是待在工作室里，每天从早坐到晚，一动不动。"

霍师傅"嗯"了一声，表示认同，心里却想，自己也是这样的，手艺人都是这样的。

徐师傅的珐琅作品满满当当摆了一架子，佳卉给他一一展示。卖得较好的是铜胎掐丝珐琅兽耳瓶、铜胎镂空珐琅花篮。"都是些小玩意儿，容易做。"佳卉说，"你们那种定做的，又讲究尺寸，又要跟以前的款式、颜色一模一样，就很让人头疼。"

霍师傅听了不好意思地笑了。

他耐着性子看完了所有博古架上的作品，觉得工作已经办完了，便打算走。但是佳卉热情地挽留他，说："跑了这么远，多坐会儿再走吧。"

每次他到这边来，佳卉都要特意挽留，有时是吃水果，有时是喝糖水，总之不能丢下活件就走。霍师傅虽然平时接触人不多，但是对于女孩子的这点心思，他还是能感受到的。然而他对佳卉实在没有什么好说的，而且自己已经有女朋友了，对于别的女孩子，应该果断拒绝。

　　他忙摆手，说真的要走了。但是佳卉已经急步跑进厨房，转身又端着一碗莲子糖水出来。霍师傅发现她走路一边高一边低的，忍不住问："怎么了？"

　　"早上走得急，鞋跟断了。"佳卉把一只脚翘起来，说，"脚没事，可惜鞋坏了。"

　　那高跟鞋看上去依然崭新亮丽，但是仔细看，还是能看到一只尖细的鞋跟上，断了一小截，露出了白色的金属钉。

　　霍师傅不大懂高跟鞋，但出于好意，他劝说道："那么高的鞋不要穿了，穿平底鞋就好。"

　　"没事的，质量好的高跟鞋穿着也不累的。这次是意外。"佳卉一边说，一边心疼地皱起了眉。

　　霍师傅想多说几句，又忍住了。他知道佳卉对自己有意思，所以更不愿意情感表达过多，怕引起误会，更有对不起丽瑜的感觉。佳卉却像是看不出他的逃避，依然是十分热情地嘱咐他过两天记得来取货。

　　下午三点，霍师傅回到办公室了，继续做修复。

　　小冼还在一丝不苟地做清洗。连杆装置里的锈蚀要处理十分精细，稍微有一些残留，就会影响各部分的联动。根据霍师傅的指导，他先用刀尖轻轻地刮去锈迹，再用特制的细砂纸抛光，直到每一个齿尖看上去都光洁鲜亮。

　　不一会儿，又是整点了。十几个钟"当当当当"地响起来。唯有一只白瓷玫瑰花瓶钟，像是一个不听话的小学生，自个儿晃晃悠悠地摆动着。等到所有的钟都响过了，它才不紧不慢地，缓慢地拖着尾声："当、当、当……"

霍师傅打量了一眼，吃惊地说："这不是师父在修的吗？"

小冼告诉霍师傅："从中午开始，这只钟就错乱了。不管怎么调都慢半分钟，检查不出毛病，怎么调都不行。"他指着苏师傅的背影小声说："师父气得头上冒烟了，他说要出去冷静一下。"

霍师傅听了，也忍不住笑。他几乎能想象，苏师傅听到固执的铃声，气得跳脚的样子。他还留意到，原本放在白瓷钟两旁的两只小座钟，都被挪走了。大概是苏师傅修不好这一只，只好拿其他的出气。

小冼本来是弯着腰干活的，因为大笑，已经腰都直不起来，说："你没看到师父的样儿，他摆弄了半天，坚持说他的钟没问题，是旁边这几只全错了！"两个人都觉得好笑，背对着苏师傅，笑得合不拢嘴。

正说笑着，陈大姐突然走了进来。

陈大姐来是告诉他们所里的人事调动的：老所长要退休了，新来的所长下个星期正式到任。霍师傅听了忙表示感谢。他们已经看到了通知栏上张贴的文件，可是像他这样不关心人情世故、只管埋头干活的人，对于领导变动的问题几乎是无动于衷。

"那世界可就不一样了，一朝天子一朝臣。"陈大姐嚷着说，"谁知道新领导是个什么脾性，咱们的岗位、薪水、工作量，所有一切都可能发生变化。"

苏师傅仿佛没听见，低下头，仔细检查传动结构里是否发生了位移。霍师傅偷偷告诉陈大姐，苏师傅正在为一座钟走不准而生闷气。

陈大姐听了，不敢走近苏师傅，对着霍师傅大声说："不准就不准呗。太阳照样每天升了又落，也不会因为你这只钟不准，就走慢一点。"

苏师傅竟然听到了，两眼一瞪，说："不准就是不准，钟表是用来指时的，对不上时间的钟表就是不好的钟表。"

他说完又背着手，跑到院子里转悠去了。陈大姐看他过于激动，不敢再跟他理论。

一座紫檀木屏扇钟突然"咔咔"地动了起来，木雕镂空的树木左右摇晃，底座转盘转动，悠扬地发出了音乐声。

"这个钟不也是不准吗？"陈大姐虽然被吓了一跳，但又忍不住笑，说，"苏师傅看见了，是不是又要发疯？"

霍师傅扫了一眼，走过去，拧下屏扇钟的发条，解释说："它只是没对上时，并没有不准。"

陈大姐忍不住翻了个白眼，说："那为什么不让它对上？"

霍师傅笑着摇摇头，说："要是大家都在同一个时间响动，实在是太吵了。"

他向陈大姐进一步解释："时间有两种含义，一种是时刻，是指某一瞬间是什么时间，还有一种是时段，是指两个时刻之间的间隔长短。一般我们认为一个钟表出现了问题，就是特指这个钟表指示的时刻不对。"

他给陈大姐看紫檀木屏扇钟的发条轮，说："这座钟刚修好，我还想再多听几次它的报时音。只要它走时的时刻是对的，就说明擒纵轮结构没有问题。"

陈大姐好奇地对着钟的内部端详了半天，说："技术方面我不知道，但是一座钟准不准，对于每天的生活来说，其实也没那么重要。你们这些年轻人，最爱讲什么准时准点，慢五秒都跳脚。其实在我看来，一天的时间就这么长，快一点慢一点有什么关系呢？"

霍师傅把调好的屏扇钟放回博古架上，仔细摆正了，回答说："其实也没关系的，不过对于钟表师傅来说，最重要的职责就是保证这只表走时准确。"

陈大姐忍不住哈哈大笑，说："人总有生病的时候，钟表也有不准的时候，你们这是执念，太执着了！"

时间一点一滴地过去，转眼又满架子"当、当、当……"地响了。由于年深日久，每座钟缺损的零件都很多，霍师傅需要逐件登记了，计划稍后配补。每一个零件都要清洗去锈，特别是摆尖、齿轮边、孔眼，有些地方细如银丝，戴着放大镜都不一定看得清楚，但也不能马虎，一定要用显示仪清清楚楚地过一遍，想办法清理干净，不留有一丝污迹。

在清洗的同时，还要严格地归类放置。有些零件缺失了，是要去补配的，还有很多槽朽、损毁的，得看以什么样的方式代偿。

霍师傅将残缺的齿轮一一登记，编好号码，完好地放到分装盒里。他不时地看着钟，可是直到五点，丽瑜还是没有来。苏师傅沉着脸，说他先去赶火车了。

"把零部件都安置好，有什么处理不了的问题，等我回来再做决定。"苏师傅念叨着。自从正式与发妻离婚，他就没法再做家里的甩手掌柜了，每遇到家里有事，就得请几天假回老家。

"放心吧，不会有事的。"霍师傅安慰道，督促师父早点出门。

下午五点过后，钟表组门口陆续地有人走过。完成了工作准备下班的人，脚步都特别轻快。偶尔有人跟霍师傅打招呼，说："到点了，还不走？"霍师傅点点头，回以亲切的笑容。他看天色还早，打算把传动系的一部分做好，至少是把外部轮轴装好。钟表修复是这样的，拆除了一部分，就特别希望尽快组装好，形成大体的结构，才愿意罢手。

丽瑜从钟表组门口经过，朝他挥了挥手。大概是今天工作忙，她实在顾不上。霍师傅张了张嘴，想跟她说句话。无奈几个同事陆续经过，他实在是没鼓起勇气。

小冼看到了，把一个水果盘递到他面前，说："中午你不在，丽瑜姐来送水果了。"

"哦……"霍师傅不禁红了脸。好在此时夕阳西下，窗里窗外都是一片红的，他的脸色也被映得红彤彤的。

霍师傅在小冼的协助下，拆开了音乐动力机芯。他们一起将残损状态拍照存档，在表格上仔细填写了哪些零件有缺损，需要哪种补配。小冼一边记录一边吐舌头，简单的一块机芯板，拆下来有两百多个零件需要修补。

两个人对着机芯板比比画画，研究了半天。不知不觉，窗外已经是一片夜色。

小冼工作得累了，忍不住打了个呵欠。霍师傅看到了，忙叫他回家，说："这是急不来的事，明天再做也是一样的。"

小冼顺从地点头，将锉刀、机油等物件一一收拾好，但脸带歉意，说："不知不觉就拖晚了，您的家里人等急了吧？"

霍师傅听了摇头，说："我没关系的。一直在这里工作，早就习惯了。再说家里也没有人等我。"

小冼听了不作声，想了想，感觉应该安慰他，又说："现在是没有，以后总会有的吧。"

霍师傅也开始收拾了，他将打磨好的齿轮一一归类放进密封袋里，说："我不打算结婚了，就算结婚，也不要小孩。"

小冼听得惊讶了，顾不上收拾，转过头说："不会吧！"

"有什么关系呢，"霍师傅说，"我哥已经结婚好几年了，他会生小孩的。这就能满足我妈的愿望了。"

小冼听了仍然不能理解，说："你不是说你哥打算离婚吗？"

"希望他们能坚持下去，千万别离。"霍师傅惆怅地说。

chapter 5 ─────────

第 五 章

端午

其实做钟表修复还是容易的,知道哪里断了,哪里锈了。可这世界上有些事情呢,就是没法修复的,都不知道是哪里坏了,哪里错了。

13

周炳南在替卢淑芬搬轮椅的时候闪着了腰,他不想去医院看病,自己买了跌打药膏不停地贴,每天去街尾的一家按摩店请人按腰。

天气一天天地热,按摩店里已经开起了空调。按摩店虽然叫盲人按摩店,但师傅并不是盲人,下手精、准、快,力道极大。周炳南痛得哟哟叫。按摩师傅也是在这条巷子住了几十年,十分熟悉的。按摩完后,给他斟了一杯温热的甘和茶,两个人还闲聊了一会儿,无外乎做菜的心得,说起巷头巷尾哪里又开了新店,哪家店正在打折。

回家的路上,感觉艳阳高照,已然是盛夏了。

街角新开了一家杂货店,卖些老人汗衫、拖鞋等日用杂服。周炳南进去逗留了好一阵子,给自己买了两件白汗衫、一双老人布鞋。街尾有一家批发铺子,冬天卖坚果,夏天卖雪糕。周炳南也喜欢在路过时大声招呼,他觉得这家人实在会做生意,现在不止雪糕,还批发了一些儿童电动玩具。几个街坊老太太坐在门口闲聊,叽叽喳喳的。小孩坐在卡通升降车里,摇头摆脑。他站在店门外,站了好一会儿——年纪大了以后,他发现自己特别喜欢听小孩的笑声。

穿过麻石小巷,轻轻推开家门,则是一种闹中取静的感觉。卢淑芬在给花浇水,群姐在打扫庭院。院子里微微有风穿过,院墙边的石榴树遮起一片阴凉。周炳南跟群姐说过几次,请她一起到新房子去。群姐起初是拒绝的,经不住苦劝,终于还是同意了。

周炳南回家取了菜篮子,又去菜场买菜。季节一变,菜市场里的瓜果也不同了。夏季瓜果多,冬瓜是最多的,几乎摆满了整个菜市场。周炳南喜欢买冬瓜煲汤,降压利尿。他这几年开始有高血压了。

"不要这么多，太多了，两天都煲不完。"他看卖瓜佬一刀切下去，忙摆手。

"这批冬瓜好，又便宜，过两天就不是这个价了。"卖瓜佬冲他笑，"你是做冬瓜盅吧，这半个瓜正好，皮脆肉薄。"

周炳南本来不想做冬瓜盅，突然就动了心思。退休之后没太多的事做，时间都花在吃的上面了。冬瓜盅他好久没试过，正好练练刀功。

提着好几斤重的大瓜，他转去了鱼档。鱼档正是热闹的时候，刚运回来的鱼，在鱼池里活蹦乱跳。

卖鱼佬看到他，边干活边热情地说："刚下的货，要不要来一条？"

周炳南在这里买了几十年，跟鱼佬也很熟悉了。两个池都看过了，目光落在其中一个。卖鱼佬伸出渔网，麻利地说："来一条鲈鱼？清蒸好。"

周炳南点头。还未说话，一只鱼叉已经入池，渔网一兜，立刻有一条活蹦乱跳的鲈鱼入了网。卖鱼佬手脚麻利地刳鱼，"唰唰"几下，把鱼身上的鱼鳞刮净。

"腮边的鳞也要刮干净。"周炳南审视。

"好的好的，没问题。"卖鱼佬满足他的要求，将鱼鳞刮好了翻动给他看了，"哪，包你满意。"

周炳南点点头，说："好手艺！"

他又在菜场里转了一圈，买了颗粒饱满的红葱头，打算晚上丽彤回来了，给她做红葱头捞鸡。丽彤喜欢吃肉，又见不得油。他打算多放些红葱头，把油光遮盖了。

拎了菜回来，就开始为冬瓜盅费工夫了。

用一个尖头钩刀，斜着口子，给冬瓜挖瓤。要很小心，划破了瓜就整个报废了。他做这个的时候非常有耐心，不能太快，也不能太用力，要一刀刀地把瓜盅边缘切刮好。他用刀比画了半天,有些犹豫,觉得力道难以掌握。卢淑芬在一旁看着着急,说"太麻烦就算了"。群姐把屋子打扫干净,就躲到她的房间里,给小姐妹们打电话去了。

好不容易做出了盅口,他呼了口气。接下来是给瓜盅切刻棱角,每一刀都切在居中的位置,横竖相交。好长时间没做这么细致的刀功了,手劲要十分均匀、稳定,稍微用力一些,下刀重了,就不是一个平滑的圈口了。他一个人在厨房里奋战,累得满头大汗。

简师奶提了一袋苹果来,闲聊着打发时间,看着周炳南一副挥刀舞剑的模样,十分好奇,也羡慕,说:"好吃的话,我也买个来试试。"

她是在同一条巷子里住了十几年的街坊,相熟得跟亲人一样。丈夫前些年去世了,儿子在国外工作,好几年没回国了。亡夫她是避讳提的,聊天时只谈儿子,说他"现在一个人在国外,也不知道过得怎么样。说是不想回来了,让我过去"。

周炳南在已经刻好的边缘上使劲,用一把细长的刀,将冬瓜片成两半。正忙碌着,陈伯也来了,听说周炳南显手艺,赶紧来凑热闹。

简师奶据说年轻时候是个极水灵的姑娘,在街头巷尾是有名的"靓女"。不过说起来也是几十年前的事了,据说陈伯当年也是个十分帅气的小伙子。

正聊得高兴,门突然被推开了。周炳南疑惑,不知道还会有谁来。来的人是霍晓光——他最近常来,一般是下班之后,是来收拾自己遗留的行李的。

周炳南招呼他:"吃个饭再回去吧,今天我做了冬瓜盅。"

霍晓光看到满院子的人,不好意思地点点头。

"我还过去?上次去住了十多天,他天天不着家。有天我借用了一下他的电脑,他回来哇哇大叫,"简师奶说,"说我不会用,一动就让电脑里的东西都没了。"

老人家搬板凳闲聊,时间不知不觉就过去了。周炳南小心翼翼地,先将瑶柱、火腿、鸡丁放到盅里,再盖上大虾和带子。冬瓜盅做好之后,要放在锅里隔水慢炖。他趁着这个时间歇歇,喝两口茶,招呼陈伯和简师奶:"来得早不如来得巧,今天就在这里吃吧。"

陈伯点点头,说"好"。他现在也是一个人住,儿子一家另有住处。简师奶向来是有事没事喜欢凑他们堆的,当下也爽快地说"好"。几个人又招呼着洗葡萄,在水里加了面粉,把葡萄洗得干干净净的。吃着葡萄,又聊起了这十多年来巷头巷尾的各家人事。

没想到晚饭时间没到,丽彤就回来了。

周炳南为了掩饰尴尬,大声笑着说:"你们都有口福,知道我今天做好吃的。"

陈伯眼见这样的阵势,拉着简师奶识趣地走了。

好不容易算是夫妻俩和平相见,这顿饭却吃得十分静默。霍晓光一直犹豫不决,面对丽彤,想说什么又说不出来,心情一点也不好。周炳南也感觉到了,但他仍然希望有转机——两个人的婚姻来之不易,不要随便放弃,将来可能会后悔的。

霍晓光努力打破了沉默。这段时间他虽然常来,但来的时候,丽彤通常是不在的。他已经听说了丽彤开新店的事,忍不住劝她:"不要给自己太大压力,凡事总能找到解决的方法。"

丽彤摇摇头,简单地讲述了一下目前的困难:"做生意不外乎是那些老问题,人、财、物,现在产品是有保障的,资金的问题最大,神仙也解决不了。"

"自己开店总是辛苦的了,要找信得过的人帮忙。"霍晓光小心翼翼地说。

周炳南轻轻地将冬瓜盅里的菜盛出来。"这个瓜也是可以吃的。"他借口拿刀,一个人离得远远的。然而他走开了,那两个人又都沉默了。他在厨房里待了许久,看到小两口再不说话,默默地吃着饭。

"我今天去了修复中心呢,"等到他回来了,丽彤立刻开口,"去找瑜姐吃午饭。"

周炳南点头表示知道了。他们兄弟几个争吵了大半辈子,下一代的堂兄妹们感情却是不错。

"外壳修复得很漂亮了,只可惜左下角有个缺口,晓明说这是以前磕着的,豁口太小了,很难修补,只能刷漆盖上,其他地方都很光亮了。"

周炳南欲言又止。此前他一直是支持丽彤离婚的,既然不合适,干脆离了,趁着年轻再找一个。可是自从找了霍师傅做修复,他就再也说不出这句话。他心里有愧疚,不停地招呼霍晓光吃菜,说:"年轻人一定要注意身体,不要老吃外卖。"

霍晓光将菜推到丽彤面前,说:"你开店辛苦,多吃点。"

离婚的原因虽然多,但是主要原因,在周炳南看来,是最后一次丽彤陪着霍晓光回了一趟老家,然后流产了。这件事发生后,丽彤坚决地提出了离婚。她身心疲惫,有很长一段时间深陷流产的痛苦中,好不容易才重新走出来——然而霍晓光似乎毫无知觉。

三个人默默地吃着菜,因为专心吃,白色砂锅很快就见了底。那冬瓜盅味道鲜美,汤里有冬瓜的清香,又有海鲜的鲜甜,浓而不腻,说不出的可口。

最近店里招人,丽彤的手机不断地响着。不管多晚,她总会有礼貌地接听，让对方明天一早来应聘。她解释说招人是一件十分谨慎的事，招到好的，将来很省心，招到不好的，简直等于在身边埋了颗会爆的雷。周炳南劝她不要全部身心都扑在工作上，"该放下时且放下，有命赚也要有命花"。

"话是这么说，但是自己的生意哪有放下的，一想到铺租就着急。"丽彤从来不听他说这些。

霍晓光忍不住劝她不要急，要多听听老人家的话。

"以后你一个人，用电饭煲就可以了。给你买的电饭煲是多功能的，你下了班买点排骨，或者鱼，跟饭一起蒸。事先调好味，放酒、蒜、酱油。"

丽彤嫌他啰唆，说："难道我还做不来一口吃的吗？"周炳南不作声，想了一会儿，又说："反正我有空，有时间我就过去替你收拾。"

丽彤感觉到自己说话急了，忙放缓了，解释说："现在正在招人，打算招一个有管理经验的店长，我就可以放手了。会计、出纳都是原公司的，人很可靠。我下个星期去品牌公司开会，争取再多拿一些优惠政策。"

周炳南点头，说："你懂得就好。"

霍晓光略犹豫了一会儿，忍不住说，他在行业内了解了一下，这家公司一直在扩张，加了代理商，弄不好有一天是要亏空的，让丽彤一定要趁早防备。

"现在就好比五个盖子盖七个筒，总有一天是盖不住的，你自己小心点，别把钱都投进去了。"他记得有一句广东俚语是形容这种情况的，但他不会说广东话，只好小心翼翼地说，不敢看丽彤的脸色。

丽彤听了，顿时就黑了脸，说："放心，我们广东话俗语有讲，天跌落嚟当被冚。"

"下个星期赛龙舟，有大船饭吃，你要去看吗？"周炳南怕他们俩吵起来，转移了话题。

不知不觉，端午到了，周炳南接到周家亲戚的电话，一起回村里看龙船，吃大船饭。他记得丽彤小的时候，是很喜欢去看扒龙舟的。正式赛龙舟的时候，江边人山人海，被挤得像个人形饼一样，还是要闹着去看。

"现在哪里有空啊，以后吧。"丽彤没好声气地说。

周家是一个传统大族。周炳南这一支跟另一个周氏村里连了宗。所以每年端午时节，总有本家亲戚来邀请，一起回乡下看赛龙舟，吃大船饭。周炳南是每年都去的，保持着与亲戚的联系，年轻的时候有交际上的考虑，年纪大了以后，就成了一种习惯了，总觉得过端午一定要去吃这顿饭。

端午这天，周炳南到得很早。他自己一个人去，到了村子以后，也不说话，默默挑了一个位置坐下。他不是什么显赫人物，又已经退休了，跟周家亲戚们很少来往的。同一桌坐的是族中一个姑婆，这个姑婆是父亲的表妹，虽然生得晚，但到现在也有八九十的年纪了。姑婆健康状况不错，说起话来仍然是心水清。周炳南跟老人家闲聊了搬迁的事，说了房子要拆，已经通知过自己的姐姐了。族里都知道周怀深这一房恩怨多，说说也就止住了。

龙舟赛前是需要有一番拜祭仪式的。坐在河边的桌子上，能看到远处十几条龙舟待发。周炳南年轻的时候也参与过，知道赛前的仪式很烦琐，要祈福、烧香、放鞭炮。锣鼓声一阵一阵地传来，他听到远处传来青年们威武雄壮的吼声了。

过了一会儿，周世豪来了，周炳南忙大声打招呼。周世豪是周怀深哥哥的儿子，论起来是堂兄弟。他们俩还是印刷厂的同事，彼此是十分熟悉的。

周世豪向他解释今天的情况，几支龙舟队都是本村的，胜负也就无所谓了，主要是为过节添热闹。周炳南点头称是，说"拿个好意头，大家高兴"。

正聊着,突然听到一个熟悉的声音。周炳南不回头也知道,是周炳业来了。

周炳业年轻时做过百货生意,跟本家亲戚们有不少来往,比周炳南还活络些,来了就各处招呼,认识他的亲戚也很多。

周炳南故意不看他,听到他的声音就躲开——这些年,兄弟俩但凡遇到了,都是黑口黑面,彼此离得远远的。没想到来得晚,其他桌已经坐满了,周炳业只得坐下来,正好是他对面的位子。

亲戚当中也有些八卦的,忍不住问周炳南房子的事,具体什么时候拆。周炳南回答说:"快了,可能下个月就要搬了。"周炳业听了直冷哼,仿佛在自言自语说:"搬了更好,不用天天看着生气!"

好在龙舟赛开始了,大家的注意力都转向了河面。一阵鞭炮声传来,远处有龙头的轮廓高高翘起。叫号子的声音一浪高过一浪,渐渐地能看到船身了,坐船头的鼓手都是年轻的赤膊"靓仔",膀大腰圆,挥动鼓槌,一声声拼力嘶吼,鼓声密集如雷。

饭菜也端上来了。大船饭向来丰盛,鸡鸭鱼肉齐端上来,都是个大膘肥,姜葱蒜铺撒得满满的。农家菜是连炒青菜也用猪油煸香的,不是精工细作,却有一种粗制的丰实。菜还没上齐,大家就下筷子了,白酒红酒纷纷倒了起来。

周炳业喝了几杯,有点酒意了,站到椅子上对大家说:"那是我阿爸留下的,他居然也想占着。自从阿爸死后,家里的东西都不见了,原来都在他们那里。"

周炳南把脸扭过一旁,假装什么也没听到。周炳基、周炳业都是退休工人,按理说经济状况还是不错的。大概是因为这套是祖屋,又是住惯了的，才一直没有搬。很多年前他们自己改动过，一幢楼分成了两半，从此两家居住的面积都变得很窄，略显不便，丽瑜工作后就搬了出去。

"我们老实，什么都不争，不像有些人。"周炳业大口地喝着酒，有些醉意了，斜眼望着周炳南。

周炳南压抑的怒火爆发了，说："你真是信口开河。阿爸最后的那几年，都是在你们屋里度过的，我好几年都没见过爸了，直到最后……"说到这里，他都说不下去了。大家都不想惹事，打着哈哈。周世豪将他拦住，说："不说了，何必说，多吃菜。"

周炳业又喝了几杯，眼眶不由得红了。他像是对着周炳南，又像是对着其他人，大呼小叫，说现在法律法规改了，私生子也是有继承权的。

这时龙舟队伍已经迅速驶过，呼号声震天。大家的注意力都转向河里，一起涌到护栏边喊"加油"。等到船过了，才发现同桌的两个人已是怒目相视。亲戚们都怕惹事，分别好声安慰，说"那些陈年旧事，不要再提了"。

"哪里过去了，东西都还在！"周炳业突然站起来，带着醉意大声嚷嚷。他喝的是低度白酒，但是没有酒量的人，喝两杯也是会醉的。

周世豪忙把他劝住，说"今天不聊这些"。

周炳南装作没听见，扔下筷子到河边看船。旁边有亲戚嘻嘻哈哈，说："你们家老太爷去世有三十年了吧，哪里去证明是不是私生子？"

"只要有心去找，总是可以找到的。"周炳业充满信心地说，又给自己倒了一杯酒。

远远地听到河的那头传来欢呼声，是龙舟夺锦的时候了。接着又是密集的鞭炮声，赢了的队伍一阵阵地欢呼。鼓声大作，两岸都是欢呼声，这是胜利的那一队在举旗了。大家也都举杯欢庆，热闹声掩盖了争吵。

周炳南本来是想去过节凑热闹，趁着还不算太老，去见见亲戚们的，没想到又遇上了最讨厌的人，还带了点不快回来。

本来酷暑天气要来，家里已经各种降暑措施准备着了。但是端午前后，总有几场龙舟水。雨水一来，温度立刻降低了。周炳南怕热，心里是盼望下雨的，就是担心下雨天丽彤上班困难。他记得小时候，巷子里总是容易积水，一到下雨就要唱"落雨大，水浸街"。后来经过市政工程改造，就没有再淹过了。只是下雨天终究不方便，各家的屋檐断断续续地滴着水，麻石路上坑坑洼洼的。一场大雨过后，院子里满是花瓣的残骸，树叶也打落了许多。他只好用最简单的塑料扫帚，每天不停地清扫。一边清扫一边听着屋里的电视声，听见新闻说这几天还是闷热，因为台风要来了。他听着不禁摇了摇头，想台风天之前的闷热最是难熬，要仔细检查院子里有没有漏洞，看看还有哪些地方不稳当，不要被台风刮落了。好在角落里种的两盆茉莉花要开了，碧绿的叶子之间藏满了米粒般的花骨朵。那是他母亲生前最喜欢的花。他想了想，把茉莉花盆搬到墙角边，用一个塑料三脚架保护起来。

14

没过多久，邓佩华发现自己怀孕了。

她并不想要这个孩子。得知怀孕以后，她不但没有高兴，反而感到一股巨大的阵痛袭来。她心情略平静了，就去找黄绿医生开打胎药，医生不让，她还求了很久。可是，也许是找错了医生，也许是这个孩子太有生命力了，即使是喝了打胎药，也没有把孩子打掉。她伏在珠江边呕吐了整整一天，感受到肚子里的激烈翻滚，觉得自己快要死去了。她四肢摊开伸展在河边，闭上了眼睛，想就这样吧，如果能这样死去，死亡也不算可怕。天慢慢地暗下来，她感觉自己陷入昏沉，眼前渐渐发黑，慢慢地失去了知觉，只剩下一丝似有还无的意识。就这样死去吧，她喃喃地说，宛如睡在了水里，往深处睡去。可是天亮的时候，她醒过来，看到太阳明晃晃地照在身上，全身都是暖的，她无奈地摇头，这是天意吧。她挣扎着站起来，慢慢地走回了家。

孩子出生的时候，足足折腾了一天一夜。幸好到了第二天傍晚，他终于平安来到人间。她觉得很累很沉，想睡，不想去看他。可是他咿咿呀呀地哭着，手脚乱蹬。她没有办法，只能摸索着，把他抱到怀里。她的眼泪掉到他的脸上。他的脸圆而胖，眼睛刚睁开又合上，嘴巴咕噜咕噜地吐着一串白沫，像一条从珠江游到她身边的小鱼。她隐隐地闻到了一股茉莉花香，疑心是错觉。前几天就看到院子里的茉莉花带着花苞了，但是离真正的盛开应该还有一段时间。她深深地吸了一口花香，觉得自己又活过来了。

周炳南出生以后，家里一直生活艰难。

那时日，所有人都勒紧了裤腰带过日子。邓佩华一直想重开成衣店，可是时代变了，政府不允许私人经营了。有好心的街坊提醒她，说现在不追查你们的资本家身份就不错了，你还敢自我暴露。

好在她有文化，识字很多，不久就通过亲戚介绍，到一家小学做教员。后来学校统一改编为教育单位，她也有了正式的职工身份。

方翠开了一家杂货铺，卖些日用品。她手脚勤快，嘴也麻利，不久就得到了街坊邻居们的认可。有段时间周怀深无事可做，还帮着她看铺。可惜好景不长，过了一段时间，连杂货铺也不允许开了，方翠只好找到一家街道合作社，只做杂务。她是勤快惯了的人，什么活都容易上手，很快也就适应了。她唯一不愿意的，是见到邓佩华。她常常跟周怀深抱怨："我不是不想与她好好相处呀，可是你看她，一见面就黑口黑面的。"

周怀深毫无办法，只能劝她少往巷头走。

在战争期间，周怀深尝试做起了药品生意。可是新中国成立后不久，药品生意由国家统一管理了。他只好通过以前的关系，继续做百货零售。后来因为家里几个堂兄弟争执，本属于周家的铺面也没有了。他只好配合街道的安排，把铺头并进了街道合作社。他一边在合作社上班，一边想办法倒腾些百货生意。他依然负担着两个家庭的费用，但邓佩华不喜欢用他的钱，所以他还是贴补方翠这边多一些。

在重新登记户籍的时候，为了符合国家规定的一夫一妻制，周怀深便只写了邓佩华的名字。方翠那边，他不敢登记，只能求她撒个谎，说她丈夫在打仗时意外地死了。

方翠因此失去了作为妻子的合法身份。刚开始她不以为意，以为只是隐瞒一时，总有一天会公之于众的。然而慢慢地发现，周怀深根本没有公开的勇气。在新社会里，大家都必须遵守文明新风尚。她发现自己的生活重新遭遇困顿，遇上粮油定额、布饼奖励这些事情的时候，只能毫无理由地去闹。她慢慢地陷入一种绝望之中。

方翠不得不经常跟周怀深吵架。刚开始的时候，她只是恨邓佩华，缠着他说："你要跟她说清楚，要跟她说清楚！"有好几次，她都拉着周怀深的手，说："你去跟街道干部说清楚，不然我就重新嫁人！"周怀深只好不停地安慰她。

然而吵归吵，她也想不出什么解决办法，看在小孩的分上，终究还是原谅了他。但因为她被当成了寡妇，在往后的几十年里，总断断续续地有人上门，给她介绍一些老鳏夫。

而邓佩华这边，也并没有觉得自己"占了便宜"。

她依然深深地恨着他，每当看到他在深夜，偷偷摸摸地往方翠那边窜，就忍不住露出鄙夷的神色。他们再也没有好好说过话，每天见面都是冷冰冰的。方翠也不总是对他客气，她经常发火，毕竟她也是受亏欠的一方。周怀深再怎么温柔哄骗，也见不到从前那个乖巧活泼的方翠了。

即使是希望风平浪静、无争无吵地过日子，也不是那么容易的。已经不止一次，有三姑六婆跑到邓佩华面前，捂着嘴笑，说："昨天晚上，我们看到周先生去了翠姑家呢。"邓佩华无言以对，只好笑笑说："你们是不是眼花了？"她怕孩子们受伤害，带着孩子的时候，从来不从巷尾走过，日常无论见到或听到方翠这个名字，都要掉头走。有一次回家的时候，她听说方翠带着孩子在某个街坊家门口吃西瓜，愣是带着孩子们绕道走，多走了两条街才回来。

周怀深又想了个办法，说方翠是他亲兄弟的老婆。照顾弟媳总是名正言顺的吧，然而这个说法持续了没多久，依然被人揭穿，因为大家看到周怀深对方翠的态度，实在不像是一个哥哥对弟媳的态度。

有一次，邓佩华去猪肉铺买肉，与方翠撞了个正着。毕竟同在一条街上住，买米买面总是会遇到的。特别是后来肉食粮油都紧缺了，每次都要排好长时间的队。那个卖猪肉的，因为是邓佩华学生的家长，看到她就会特别热情，爽快地一刀下去，全是瘦肉。

方翠看了很生气，她实在不想承受这样的委屈了。

而在此前的一天，周怀深的哥哥新添了一个儿子，他带着邓佩华这边一家人去吃满月酒。方翠不服气，闹着要去，说："你哥哥本来就是知道的。"可是周怀深坚决不肯。他因为倒卖商品的事，刚被街道的同志教训了一通，提醒他要改掉资本主义习气，他很怕再节外生枝。

种种委屈加起来，让方翠再也忍受不了了。她气得头脑发昏，索性一屁股坐在麻石路面上，大声哭叫："是，我是死了老公的，所以要被欺负，要被有老公的欺负！"哭闹声引来了不少街坊围观，她索性号啕大哭，把平日里所有的委屈和愤懑都哭出来。

这么一闹，大家都对她老公的事感兴趣了。但是邓佩华很淡定，冷冷地看着她，说："你唔好冲动，先想一想，事情闹大了，你养不养得起两个孩子？"

方翠愣住了，没想到邓佩华把最无情的事实说出来了。两个人之间哪怕是发火了，撒泼、对骂，都还好些。她想了想邓佩华提出的这个问题，脸色更加难看了。

"总之以后有你无我，有我无你，这辈子我与你势不两立！"方翠歇斯底里地，把一盆淘米水泼到了邓佩华身上。

邓佩华告诉周怀深，以后她也不想再见到方翠，方翠要是敢闹上门来，她会直接用扫帚打出去。周怀深不敢多说，更不敢劝，只祈求她们每天抬头不见低头也不见，再也不要有什么争吵。

"我去跟那边说，不要再闹了，再闹下去，干脆分开！"周怀深咬牙切齿地说。

"那边",成了一个特殊的词语,指代一个妇女和两个孩子。从此以后,周怀深一直漫不经心地说"那边",以换取家中的太平。"那边过得并不好,方翠是个糊涂虫。""那边的成绩太差了,两个孩子都不学好。"周怀深提起"那边",从来没有好话,他试探着、摸索着,以邓佩华安心的方式进行沟通。

邓佩华虽然对他爱理不理的,总算是愿意把日子过下去了。他回到家里,经常要问孩子们的功课,督促他们好好学习。她看在眼里,并不阻止,还是希望他作为一家之主,多关心这个家庭的成员。有一次,远梅考试成绩不好,被他说一顿,远梅发了脾气,跟他顶嘴,她还把远梅教育了一顿。

晚上,周怀深在"这边"吃饭,大家都特别安静,孩子们仿佛能明白家里发生过什么,从来不跟父亲撒娇。周怀深默默地夹着菜,说:"你们都在长身体,要多吃。"

远梅本来吃得挺开心的,听了他的话,反而放下了筷子,狠狠地瞪了父亲一眼。她刚好是处在一个叛逆的年纪,早就恨透了父亲,特别是曾经目睹他偷偷摸摸地进了巷尾的"红房子"。

"多吃点?你有给够钱咩?"她一边夹菜,一边嘟囔着说。

周怀深听了这话,终于忍不住了。他虽然是对邓佩华又愧又怕,可是面对孩子,他还是努力保持着旧时代父亲的威严。他顺手抄起墙角的竹扫帚,扬起来,便是一声呵斥。远梅惊叫一声,飞快地躲到门背后,呜呜地哭了。

邓佩华脸色阴沉,咬着牙说:"不要说人家坏话,你保护好自己。"

孩子们被吓住了,全都惊恐地望着父亲。周怀深顿时后悔了,但仍然板着脸,说:"没规没矩,怎么这样跟爸爸说话!"

远梅站在墙角,咬着嘴唇,怎么也不肯动。不管父亲怎么拉她,还是不肯动。

"你说话呀,你什么时候变得像你妈这样倔,你不会说话吗?"周怀深着急了。

邓佩华这一次并没有冷语相向。但她狠狠地盯着他,眼神里充满怒火,看他还能说出什么话来。

"你给我到外边站着,今天我们要把事情说清楚!"

周怀深气急败坏地说。这么些年来,他已经很少发脾气了。可是说不清为什么,大概是这些时日,他为了生活过于奔波劳碌吧,他希望能得到家人的理解。他看到远梅还是一脸的犟样,终于忍不住了,举起扫帚"唰"地扫过去。远梅"哎哟"一声,捂着痛处,慢慢地蹲了下去。

"你干什么你?"邓佩华狂叫一声,扑上来夺走了他的扫帚。

她很少这么生气。这个家是她的,不允许他在这里横行霸道。孩子是她的,要教也是她来教!他这样的父亲,有什么资格对别人说三道四?

邓佩华的态度刺激了他。也许早就应该吵一架了,他心里也是委屈的。如果时间可以倒转,他多么希望当年没有那样轻率地离开,没有跟她们失散。

"那就离婚呀,现在是新社会了!"邓佩华大声说。

说完,两个人都愣住了。大概这是个好办法吧,从此就没有冷战和争吵了。可是空气突然就凝固了,孩子们仿佛突然明白了什么。他们眼里的恨意消失了,变成了深深的眷恋,父亲永远是父亲,母亲永远是母亲。他们希望这个家庭是完整的,他们最害怕分离了。

远兰"哇"地哭了出来,跑到他那边,抱着他的脚喊"爸爸"。

周怀深难过地低下了头,说:"我不会离的,你一个人负担不起这个家。"

不知不觉又过去了几年,家里仿佛越来越艰难了。邓佩华夏天卖冰棍,冬天卖萝卜糕。她自己动手,改造了院墙,开了一个四方的墙口,可以从里边卖东西。两个女儿也是懂事的,帮着干活。

方翠反而懒怠了,只守着她的杂货铺,有生意便做,无生意的时候就陪着小孩玩。她养了一只猫,纯白色的,守店时她老是跟猫说话,不停地用小吃食逗它。周怀深劝她做生意要用心,要肯熬,她完全听不进去,还会说:"我比不了某些人,真是能干,什么都能卖,很有做生意的天赋。"周怀深听出了她的嘲讽,不敢再说话。

两家人就住巷头巷尾,但是见了面,总是怒目而视。孩子们都一天天长大了,转眼就到了一知半解、似懂非懂的年纪。两个母亲既是关系不好,孩子们的相处就变得更恶劣了。炳南在学校里,总是被炳基、炳业欺负。他们都是半大孩子,对这些事情似懂非懂的。母亲虽然让他们"记住"这个人,可是这个"记住"是什么意思,他们的理解跟大人是不一样的。

于是,炳南每次在巷口遇到炳基、炳业,总要被他们打一顿。男孩子打架没轻没重的,先是言语碰撞起来,接着就是抡拳头。炳南被炳基、炳业打翻在地,被揍得鼻青脸肿。

这一天,是炳南和他的表弟邓敏忠一起放学回家。因为母亲刚给了零花钱,所以炳南请表弟吃龙须糖。两个人边吃边走着,正吃得高兴,突然迎面撞上了炳基、炳业。

炳基和炳业却是正在闹别扭。这几天卖龙须糖的一直走街串巷,天天喊着"龙须糖",可是他们却要不到钱。问母亲,母亲总是瞪眼呵斥。问父亲，正好父亲这几天都没在家。炳基看到炳南，气不打一处来。他也不知道自己为什么，就是看不惯这个人。

他招呼了一声，炳业立刻冲上去，给了炳南一下。四个男孩顿时扭打起来……

邓佩华挽着炳南的手，堵在红房子面前。

方翠面对着邓佩华的时候，总是莫名有点底气不足。她平时是纵容着炳基、炳业的，听他们说打了炳南，从来不责骂，反而笑嘻嘻地，说他们"生性（懂事）了"。暗地里，她曾说过巷头那家姓周的人最讨厌。但是面对着邓佩华，她完全想不出任何词语为孩子们辩解。

"睇咗医生啊？几多医药费，我赔。"由于围观的街坊越来越多，她不得不走出来应对。

"这不是钱的问题。"邓佩华冷冷地说。

周怀深急匆匆地赶来了。他脸色严峻，心情十分沉重，事情闹到这个地步，他觉得必须公开了。

然而邓佩华飞快地把他拦住，说："一码事归一码事。"

周怀深只好不再作声，他也怕刺激到邓佩华。再加上街坊们都渐聚拢了，想看热闹，街道干部也赶来了。他确实担心出事，只好装模作样地指责方翠，说她怎么不管教好自己的孩子。

方翠被他的话刺激到了。她恨恨地盯着他，说："是，我老公死得早，我的小孩一出世就冇老窦教！"

周怀深不敢看她，走到炳基面前，大喝一声："不许你再欺负炳南！"抬手扬起了巴掌。

炳基和炳业惊恐地望着自己的父亲，不明白他为什么这样帮着"外人"。

经过这一次，孩子们略明白了些。可这并不意味着他们会和好。相反，他们仍是互相憎恨的。炳南走在路上的时候，要很警惕，经常就会有不知从哪里飞出来的砖头砸到他身上。当然，他们也明白了彼此的关系，不会再往死里打，但小摩擦依然不断。

到了春节的时候，邓佩华为了赌一口气，要求周怀深一直待在家里，不许他出门。"不然邻居问起来，也不知如何回答。"她面无表情地说。然而方翠这边，也希望他在，年节里家人团聚，有了他，才有一家人的样子。她拖着他不放手，说："你要是不管我们，我就去政府告你，告你重婚罪！"

周怀深好说歹说，终于求得了方翠让步。大年初一的早上，他带着佩华这边的一家人去拜年，到了晚上，他就要偷偷回到方翠这边，给她赔不是。然而邓佩华也并不感激他。他们一起出门的时候，她离得远远的，当她命令孩子们叫"爸爸"，脸上是一副嘲讽的神色。晚上他回到方翠这边，方翠已经躺下了，对他说："年糕拿回来了吧？孩子们要吃。"

夜里，方翠家的厨房还亮着灯，如果仔细听，还能听到油锅爆响的"滋滋"声。她一个人在厨房里，慢条斯理地煎年糕。这样的动静，没有人看不到。

周怀深只好像做贼一样，飞快地从巷头窜到巷尾，飞快地进了门，去说服方翠。他给她带了礼物，好言相哄，说："你不要这样，现在政策不同了，我们周家正在风口浪尖，不能被抓到把柄。过一阵子缓和了，我会公开的。"

方翠歇斯底里地大笑，说："寡妇门前是非多，我什么都不怕的。"

孩子们本来睡着了，听了厨房里的响动，又都跑出来，怯生生地看着父亲母亲。

"都睡去，都睡去。"周怀深烦躁地说，"你们是想要逼死我吗？"

方翠咬牙切齿，说："告不了你重婚罪，我就告你耍流氓罪！"

周怀深也被逼得失去了理智，挥舞着拳头说："好，你们都有本事，都很有本事！"

他有一段时间再也不去方翠那边。然而她一个人带着两个孩子，始终是难以过活。两个人怄气了一段时间，终究还是和好了。周怀深依然在两个家庭之间奔走。

邓佩华有一天在收拾屋子的时候，发现了放在杂物堆里的一座自鸣钟。

这座钟她是认得的。她记得当年结婚的时候，这座钟就放在新房里。钟座底下有一对小人儿，一到准点就会跑出来转花。周家的东西她从来没管过，这座钟大概是周家分家的时候，由周怀深重新保管的。

她出神地摩挲着那破裂的钟面，想起了许多往事。

"这个钟很贵呢。"她向孩子们说，略怔了一下，仿佛想到了什么，缓缓地打开钟门，拨动着发条。弦条缓慢地转动着，音乐声响了，"当、当、当……当、当、当……"两个人偶从箱子两边转出来，转动着手里的绸花，欢快地转动着，她也露出了欣喜的笑容。然而毕竟是年代久远的物件了，有一段时间，那个钟莫名其妙地走不准了。刚开始是每天慢五分钟，后来是慢十分钟。它也不是不走，但就是比正常的慢一些。

她只好自己抱着去钟表铺修。炳南跟着她，像所有缺乏娱乐的孩子一样，想去逛钟表铺，想看看钟表拆开来是什么样子。钟表铺也已经是国营单位了，一位工人师傅接待了她，啧啧称赞，说自己还从来没见过这么复杂的古董钟。

修表师傅对这个金贵的物件十分感兴趣，立刻就拿起螺丝刀，转出了螺帽,起开钟壳。仿佛是预感到有特殊的事情要发生似的,邓佩华叹了一口气,问:"钟里没有什么特别的吧?"

修表师傅认真地对着钟表内部看了半天,又照了照夹板,说:"哟,这里还有个图标,是哪家钟表店的?我怎么从来没见过。"

邓佩华顺着他的指向看了一眼,突然眼泪就掉下来了。她倚在钟表铺的柜台边,止不住地哭,哭得昏天黑地。最后哭得没力气了,整个人瘫倒在地上,抽搐起来。炳南吓坏了,握着她的手使劲摇,他从来没见过母亲这样伤心。他拼命摇着她的手,而她仍然是哭,一直哭到差点断气。

那天,她拉着儿子的手,在老街的巷子里不停地走。她走过来又走过去,仿佛在徘徊着,又仿佛在寻找某一扇门。她的神情是那样悲伤,仿佛丢失了人生中最重要的东西。最后,天黑了,她实在走不动了,拉着孩子默默地回了家。她仿佛疯了似的,紧紧地攥着他的手,郑重地对他说:"妈真糊涂,就这样葬送了自己的幸福。你将来一定要认真的,找到自己喜欢的人,好好地过一辈子。"

炳南被吓坏了,拼命地往后躲,不敢作声。

"你要对她好,一辈子对她好!"邓佩华抽泣着说。

15

上午九点，霍师傅准时来到工作室，继续自己的修复工作。

他打开修复日志，检查每一座正在修复的钟的进度情况。最近正在修复的，主要是三座钟，一座是亭式转花水法钟，另一座是料石花铜钟，还有一座特别小的，是铜鎏金珐琅雀笼钟。

还有就是，他私底下替周炳南修复的铜鎏金转花人偶钟。他已经修复了传动系的大部分，接下来逐步进入核心的阶段——修复条盒轮，以及钟内四套系统的擒纵机构。

他跟小冼将其中的一部分拿出来，从轮轴开始，逐件修复。

这些细致的功夫活儿，一旦做起来就停不了手。霍师傅用镊子小心翼翼地将双圆盘拆出，将擒纵叉分解，正深深吸了一口气，准备将叉身、叉轴一一拆出，就又听到几只钟"当当当"地敲响了。

丽瑜背着包从钟表组门口匆匆而过。没过几分钟，她又回到了钟表组门口。她把霍师傅拉出来，着急地问："他们已经约好签字的日期了，你知道吗？"

霍师傅默默地点头。

最近几天，霍妈妈闹着要到广州来，是为了霍晓光要离婚的事。她不能接受自己儿子人到中年还离了婚。虽然兄弟俩一再劝阻，她还是要来，说要来亲自说服丽彤。

霍师傅猜测母亲大概会跟嫂子说什么："千万不能离婚，流产没什么大不了的，休养几个月，又可以怀上。"他无法想象嫂子听到这些话时脸上的表情，大概会回想起许多不愉快的往事，身心又受到一次严重的伤害。

"老人家思想比较传统，把离婚看得很严重。可是这样，不是越帮越忙吗?"丽瑜十分着急。比起霍师傅,她更关心自己堂妹的感受。她知道丽彤已经对这段婚姻彻底地失望了,只想早点解脱。

"我妈……"霍师傅本来是想替母亲辩解一下的,可是转念一想,丽瑜跟丽彤有着相似的生活经历,她大概也无法理解自己母亲的观点,便改口说,"我让哥一定要拦着,来了也是添乱。"

丽瑜认同地点了点头。

窗外不断地有上班的同事经过,丽瑜忙整理了自己的胸牌,说:"我先去导览了,中午再聊吧。"

霍师傅呆呆地盯着她的背影。他本来是计划着一早就开始修复擒纵机构的,听了这些话,一时心情无法平静。他叹了口气,放下手中的工具,又看了看小冼,说:"小心点,宁愿慢,不要出错。"

苏师傅周末回了一趟老家,周一又匆匆赶回来了。他摊开工具准备调校擒纵轮,因为心情不好,一直阴沉着脸。家里的老母亲住了半个月医院,全靠前妻照顾着。他无法天天请假,而且许多复杂的修复必须由他亲自动手。周末看过老母亲之后,他惭愧地对前妻表示了感谢。回来之后,他听了所里对小冼的安排,就更不高兴了。

"从今天开始,我们加快进度。你们有什么不懂的,一定要问我。我要在三年内把所有的技艺教给你们。"苏师傅非常严肃地说道,霍师傅点头表示明白。

十点钟的时候,正是做到顺手处,却不得不停下来,参加所里的思想学习会议。所里新来的所长非常重视思想工作——自从荆所长来了以后,每周频繁地开会。最近所里出了一个通知,规定每周三的上午必须上思政课。

所有科室的人都集中到了会议室。荆所长要求十分严格,有一次开会,有位同事来晚了五分钟,她当场批评了十多分钟,事后还以书面形式通报批评。从那以后，所里每次开会都没有人迟到了。会议室里很快坐满了人，荆所长宣布学习开始。

所里的几个机构设置，除了负责行政的管理部门，还有就是展览部、技术修复部。丽瑜是展览部的，跟展览部的几个姐妹坐在一起。技术修复部又分书画组和钟表组，虽然都是技术修复，但因为是两种截然不同的技艺，平时也没有太多交流。

霍师傅对于这样的会议向来不感兴趣。他找了一个角落，安静地坐着，心里却在思考修复的事。脑海里展开了一块平面的擒纵机构，他微闭眼睛，想象着每一个部件，思考着几个关键的修复步骤。

然而今天的会议出奇地长。他已经默默地脑补了一遍步骤，还是没有散会。他抬起头，看见每个人都是一副心不在焉的样子，墙上挂着一只圆形的石英钟，指在十点多的方向，似乎一直没走动过。

又听了半个小时，他再抬头看，终于确定墙上的钟已经停止走动了。陈大姐坐不住了，在底下小声嘀咕："这有完没完，下午还有安排呢。"其他人也在窃窃私语。

又勉强持续了一段时间，荆所长虽然感觉到了大家的躁动，仍然坚持着把文件读完。最后，她习惯性地抬了抬头，看了挂钟一眼，觉得时间还充裕，准备继续把会开下去。

陈大姐实在忍不住了，指着呼叫起来："哎哟，钟停了。已经过了十二点了，你们看我的表。"

大家都议论纷纷。戴着手表的纷纷抬起了手腕，大呼小叫："确实是过了十二点，钟停了！"

荆所长脸色阴沉，她仔细地盯着墙上的钟。钟确实停了，时针分针形成了一个开阔的角度，秒针仿佛仍然在跳动，但只要仔细看，就会发现它其实已经停止了。

"还有一小段，我就讲完了。"荆所长阴沉着脸说。

但荆所长接着又讲了半个小时，脸色越来越难看，声音里带着怒气，最后，她生气地说："所里纪律松散、人浮于事，明明就有修钟表的人，可是我们自己的钟却没人管了！你们就眼睁睁看着它停了？！"

她这么说，很明显责任是在钟表组了，苏师傅实在坐不住了，侧着头，脸迅速地涨红了。然而他是个不善言辞的人，特别是在这种嘈杂的场合下。他发了急，说话都有点结巴了，不停地摇着说，说："没坏，没有坏……是电池完了，完了。"

"无论什么原因，停了就是停了。"荆所长摆摆手，表示不容辩解，她把书合上，生气地走了。

开完会，大家都迅速地离开了会议室。但也有几个好事者堵住苏师傅，打趣他没有尽到责任。曹师傅也跟着落井下石，气呼呼地说："什么破手艺，连一个简单的石英钟都修不好！"苏师傅憋红了脸，拼命地跟别人解释。

凑合着吃过午饭，已经快一点了，霍师傅急着去徐记珐琅工作室。

定做的珐琅外壳已经做好了，霍师傅觉得十分高兴。本以为是个巨大的工程，没想到进展如此顺利。这座古董钟外表华丽，注重装饰，外壳修复好了，就等于成功了一半。

"二叔说，以前的珐琅装饰都是一体成型的，特别容易成片脱落。"佳卉说，"但是现在我们都不这样做了。你看，这里的花瓣、兽角，都是单独粘上去的。"

霍师傅点头表示理解。由于年深日久，钟座上的珐琅彩大片剥落。徐师傅是在原来的基础上，能修复的就修复，不能修复的就根据原来残留的，描画出一模一样的，重新黏合上去。已经修复好的珐琅彩线条精细、色彩艳丽，缺损的掐丝图案也用镀金粉补续上了，不仔细看根本看不出哪些是原来的，哪些是补配的。

他还给佳卉买了一双鞋，这是他下班后特意去北京路买的，是一个挺有名的牌子。这双鞋跟不高，穿起来会比较舒适，鞋头是一对镶水钻的、亮晶晶的蝴蝶。虽然价格不便宜，但他毫不犹豫就买下来了，他觉得小姑娘最喜欢闪亮的款式。

果然佳卉捧着鞋，爱不释手，笑得甜甜的，不一会儿就穿上了。

"晚上一起吃饭吧。"佳卉说，蹬着他送的鞋，在他面前高兴地转来转去。

霍师傅赶紧摇头，说："我下午还要上班。"他现在有点后悔送了鞋子，他的本意是希望佳卉在徐师傅面前多说几句好话，让修复进度顺利一些，可是佳卉很明显误会了他的意思。

"都已经出来了，"佳卉瞪圆了眼，撒娇地说，"你有什么急事，必须回单位？"

霍师傅依然摇头，说他要回去。他转身匆匆地走了，假装看不到她脸上失望的表情。

回到办公室，已经是下午四点多了。霍师傅让小冼保管好修复了的珐琅面，分类放到不同的铁盒里，与修复日志相对应。一些弧度较小的镂空花片，则立刻进行了镶嵌。

属于周炳南的铜鎏金转花人偶钟，顺利地进入了核心修复阶段。

霍师傅将配制好的传动杆和齿轮都搬到了内室，准备进行下一步的装配和调校。他让小冼先把修复过的钟摆组装起来。

小冼愉快地说"没问题"。经过一段时间的指导，他的修表技能精细了许多。在霍师傅的指导下。他细心地将簧片插入销子里，用最细的尖嘴钳调整各部分零件的松紧。

到了五点半的时候，丽瑜来送广式糖水。最近所里实施改革，对人事和岗位进行了调整，丽瑜不仅要做讲解，还要兼做一些数据统计的工作。她心里不痛快，也像那些老大姐一样，不时找点借口，到院子里走走。

霍师傅正在修复部分残损的链条。链条已经打开了，要将残损的钩缺一一取出。他弯下腰，仔细查看钩孔、压模、取模，用一台小摆车压制新的链条补配。

苏师傅看起来也是心情不错。他最近在修的是一座铜鎏金珐琅雀笼钟。这座钟只有十多厘米高，装饰也简单。他修复了半个月，已经将外观修复得近乎完美。但没想到这样结构简单的一座小钟，调校了无数次，还是不准。他又气得嗷嗷叫，说："开什么玩笑，我就不信了，还治不好这么一只小鸟！"

丽瑜忙安慰他，说："别生气，喝点海带绿豆汤，下火。"

霍师傅放下了手中的活，陪她在院子里走。他们俩的关系已经不再遮遮掩掩了。丽瑜最近跟父亲有过几次争吵，是关于丽彤一家的。父亲不喜欢她跟丽彤走得太近，但是又忍不住向她打听修钟的事。

"他听说这钟修好了，能卖不少钱呢。"丽瑜说着，皱起了眉头。

"这个钟是我嫂子的爸爸送过来的，修好了，我也只能是交回他手上。"霍师傅说，他不太明白两家的关系，更不知道这个钟跟丽瑜家有什么关系。

"他老催着我，盯着这个钟。"丽瑜气馁地说，"早就想跟他说说你的事，现在不敢了。"

霍师傅皱起了眉头，随手拿起一把锉刀，无意识地敲着。

丽瑜欲言又止。她跟父亲的关系向来不好，不仅仅因为钟的事。周炳基的脾气向来暴躁，说急了还会骂脏话。丽瑜跟他从来都是沟通不畅的，可是毕竟是自己的父亲，像恋爱、结婚这些大事，还是要告诉他。

"他见过我吗？"霍师傅突然想起了一个问题。

"没有见过，"丽瑜笑着说，"我爸从来不参与细叔的事，虽然平时总忍不住打听。你哥结婚的时候，细叔是给我们送了喜帖的。我爸犹豫了好久，最终还是没有去。"

霍师傅有点后悔提出这个问题了。见过又怎么样呢？假如见过，就知道他是周炳南家的亲戚，问题就会变得更复杂了。虽然丽瑜一再强调，她跟她父亲平时沟通很少，她从来不听家里的，但是毕竟是她父亲。她们家的事，牵扯了上一代的是非恩怨，永远也算不清楚。老人家又总是很固执，他听丽瑜说过，她父亲只要一提起周炳南，就会勃然大怒。

"我爸向来不理跟细叔沾边的事，"丽瑜说，"但是现在彤彤跟你哥的关系……到底是怎么样呢？"

两个人说到这里，都说不下去了。丽瑜愁眉苦脸地离开了。

苏师傅接了几个电话后，情绪也变得很低落。那座雀笼钟，已经修复好了。他把钟座立好，掀开盖子，拧紧了发条，不一会儿，就见一只铜雀在笼子里扑扇着翅膀，不时低头啄两下。打点的乐声是"嘀咕嘀咕"的，像鸟在树枝上啄东西发出的声音。

"已经出院回家了，"苏师傅忍不住拉着年轻人们，说起他的烦心事，"请了一位护工白天看着，晚上是秀红照料。唉，这么多年了，从来没跟她好好说过话，连句感谢都说不出口。"

他的脸色仍是平淡的，但隐隐地透出几分难过。毕竟是几十年夫妻了，只要抹下面子，还是能跟前妻说上话。但是既然还说得上话，为什么要离呢？

"老太太是年纪大了，各方面都出问题了，但是她说不想治了，不愿意拖累了儿女们。"苏师傅一边干活，一边说。他平时不是一个话多的人，可是这件事情实在让他烦乱。他长年在外打工，家里老太太跟儿媳相处的时间还长些。刚结婚那几年，吵得不可开交，后来就相依为命了。这次老太太病倒了，主要是因为他们离婚的事。"她以前老是埋怨秀红不好，现在秀红离开了，她却特别难过。"

霍师傅听得频频点头。他能体会苏师傅的纠结和无助。老太太常年跟儿媳妇住在一起，早就处出了感情。生活中突然少了一个重要的人，老人家实在承受不了——苏师傅平时总是埋怨前妻不好，离婚后，却深深地体会到她的好了。

"开会的时候，我确实走神了，想起了过去的很多事。"苏师傅长叹一声，说，"我现在才知道，是经历了多少困难，实在熬不住了，她才狠下决心跟我离婚。"

霍师傅也想不出什么好办法，只能安慰他不要着急。

苏师傅说他太太最失望的一次，是三年前。那一次，女儿突然得了急性脑膜炎，在医院里昏迷不醒。太太十分着急，天天打电话来，催他回去。可是那时候修复中心刚成立，亟待修复的几座大钟就摆在眼前。研究所急着办开门大展，天天盯着他催进度。

那时候，所里正在修复一座特别难的钟，叫金漆嵌石料升降塔钟。因为是意义重大的历史文物，所领导三天两头跑来查看。苏师傅顶着时间和技术的双重压力，需要解决各种从未遇到过的修复难题。他从那时开始，就习惯了一个人在院子里转圈，冥思苦想，焦虑不安。

"有些事情呀，就是一环扣一环，怎么也解不开。"苏师傅小声地叹息。他又拧紧了发条,打开了钟盖。泛着红光的小铜雀依然扑扇着翅膀,不知疲倦地"嘀咕"着。

霍师傅心想:其实做钟表修复还是容易的,知道哪里断了,哪里锈了。可这世界上有些事情呢,就是没法修复的,都不知道是哪里坏了,哪里错了。

夏天天黑得晚,已经快七点了,天还是亮堂的。修复室里一直叮叮当当,一块带盒发条已经打开了,霍师傅希望能整块做好。苏师傅经过反复调校,最后发现是换向轮的问题,有个地方轮滑不够,导致两边传送带的齿轮不能完全契合。他找到了问题症结,立刻眉开眼笑,收拾了工具,嘱咐其他人早点收工。

霍师傅口头上答应着,但手里的活儿还是停不下来。他戴上放大镜,在针刀和壁锉的帮助下,打磨出一个个细如发丝的钩孔。这个步骤十分艰难。这一部分完成了,就可以开始组装传动系了。

窗外是一片金黄的颜色,仿佛古董自鸣钟上的油画似的。太阳已经西沉,刺眼的阳光逐渐消退,但红色、金色混杂的霞光还在天边弥漫。霍师傅在这样的光线下工作,全然意识不到时间的流逝。直到小冼走过来,愁眉苦脸地问:"这块结构腐蚀得太厉害了,这怎么修?"

霍师傅吓了一跳,忙跑过去看,整个破损程度超出了他的想象。"真是人算不如天算,"他忍不住对小冼说,"没想到外表看上去这么完好,内部已经毁坏到这个程度了。"他虽然是笑着说的,但心里的感觉很不好。这个问题是比较严重的,其实以现在的技术,完全可以找到现成的轮轴,只是这样一来,就得把整块机芯换掉。就算是修复好了,也不能称之为古董钟了。

chapter 6

第 六 章

两个人默默干着活,只有偶尔镊子与螺帽相碰,发出轻微的声响。渐渐地,天暗下来了,起了风,外面的香樟树沙沙地响。霍师傅开了灯,黄色的光暖暖的,照射着那些不停晃动的钟摆,仿佛时间也混乱了。

16

秋天还是热的，偶尔下一场雨，会有些许凉意。这天晚上下了一场大雨，早上起来的时候，有秋意了。叶落了下来，花圃里的金盏菊开了。

周炳南一早起来，依旧是收拾屋子。

丽彤还是跟平常一样，一大早就出去了。最近店铺的生意正在好转，她的脸上也渐渐有了笑容。每天虽然还是早出晚归，但回家的时间固定了。八月之后，传统节庆多了，她开始筹划各种促销活动，每天手机里联络不断。

"今天跟品牌公司进行了上半年的核算，我这个店的销量还是靠前的。现在返利也多了，我打算下半年多做几场活动，把销量冲一冲。多卖多得，总公司那边现在也提高了返点。"临出门前，她忍不住解释了一番。

周炳南点头，说"那就好"。他看到她最近心情好了，说话底气足了，自己心里也踏实了许多。他忍不住告诉她修钟的事。眼看着古董钟快修好了，他心里就更踏实了："实在不行，我们把钟卖了，说不定能得到一大笔钱，可以抵一两年的房租。"

"那不行，祖上传下来的宝贝，不能轻易卖掉。实在没办法，我自己向银行借，不能做周家的败家子啊。"丽彤心情好了，就会跟父亲开玩笑。

周炳业来过几次，都是在门口大嚷大叫，说要把父亲的东西全部搬回去。周炳南气得关紧了大门，自己在门背后拍着心口，直喘粗气。他记得父亲最后的那几年，已经把古董变卖得差不多了，家里的收入，全靠母亲没日没夜地挣。父亲去世后没多久，他们那一房就开始变卖东西。各种古董花瓶、金银首饰，短短几年，就被卖得精光。邓佩华听说后，曾去阻止。可是他们家大言不惭，说："家里连吃的都没有了，是东西重要，还是人重要？"

周炳南至今记得，家里有段时间是靠糊火柴盒贴补家用。每天从早到晚，三个孩子也要参与。晚上，一家人围着一张小木桌，做流水作业，一个晚上就地摞起了半个桌子的火柴盒。

除此之外，还想办法做各种能卖的吃食。夏天做冰棍，冬天做萝卜糕。有段时间听说"咸酸"好卖，也做了好几玻璃罐。周炳南想起了这些，索性去买了些瓜果回来，打算腌"咸酸"。"咸酸"是用玻璃罐腌制的酸菜，跟北方酸菜比起来，"咸酸"不放辣，还带点甜。

家里还需要尽快收拾，主要是厨房旁边的杂物房。本来不大的地方，也不知道从什么时候起，专门用来堆放杂物。杂物房里简直包罗万象，什么奇怪的物件都有，最多的是旧衣服，甚至还有他小时候的衣服。小时候虽然穷，但妈妈从来没让他穿姐姐们的衣服。

在干活的间歇，他搬着小板凳坐在鱼池边，享受一丝丝凉爽的穿堂风，望着金鱼嬉戏。

这个鱼池，是在他小时候就有的了。最早只是简单地用水泥砌成的一个池子，后来他亲手改造过，贴了瓷砖，增加了假山景观。小时候，池子里养着的鱼是他们姐弟几个直接从珠江边捞上来的，颜色是灰不溜秋的，但依然十分生动、可爱。他年轻的时候，最喜欢自己一个人坐在鱼池边，看着那些小鱼儿自由地游来游去。

忘了从什么时候开始，才有了小金鱼。有红狮、蝶尾、丹顶，数量不多，但是养得挺好。他在水族馆看到喜欢的，就会买回家。每天都扔鱼食进去，还跟它们说话。它们也像是通人性，一见他，就会围在池沿。

不知不觉地坐到了夕阳西下。

丽彤最近回来得早了。店铺平稳顺畅，她说不需要从早到晚守在店里了，最近还新招了一个很得力的店长，可以替她看着店铺。

给她挑了几个搬家的日子,她都不同意。大概是舍不得搬吧,毕竟是从小生活的地方。有时候她一回来就把自己关在房间里,整理自己珍藏的物品。周炳南催她,让她早点定好,早点搬,她并不高兴。

丽彤回来之后,一直坐在院子里打电话。正是晚风凉爽的时节。她借着夕阳的金光,打了几通视频电话,都是叽叽呱呱讲的英语——她因为是在英国念的大学,交流起来毫不费力。

周炳南默默地去厨房生火、做饭。把青菜倒进烧热的锅里,他满意地听到一阵"滋滋"的响。

一家人好久没试过这么早吃饭了。丽彤提议把饭菜就搬在院子里的石桌凳上,正好这个季节可以在院子里吃饭。

周炳南对于女儿的要求向来是尽情满足的,立刻回应说"好"。

两个人摆好了碗筷。丽彤解释说之前代理过的品牌重新来找她,希望她还能继续代理。

"外国人后悔了?"周炳南皱起了眉,说,"这才半年前的事情呢。"

"在商言商,只要有利润,回头生意也可以做。"丽彤笃定地回答。

周炳南看她眉头舒展,心里轻松了许多。他就这么一个女儿,从小疼到大,舍不得看她受一丁点罪。

"我正在谈分销商,确定了就可以跟品牌方签约,分销商能替我承担部分风险。"丽彤仿佛在自言自语。

女儿的神情让他想起了多年前的母亲。曾经有一段时间,母亲总是张罗着各种生意,满怀信心地向他描绘愿景。周炳南点点头。他虽然不明白女儿具体在说什么,但是只要她开心,他就觉得是安全的、稳定的。

然而没过几天,丽彤又愁眉不展了,吃饭时胃口也越来越不好。这天晚上已经快凌晨一点了,丽彤才回到家,跟她一起回来的还有一位同事,她解释说:"因为关门晚了,没来得及吃饭,想招待同事吃个饭。"

由于来得突然,周炳南有点不知所措,忙问:"你同事是哪里人,什么口味?"丽彤忙摆手,说:"简单的就行,能填饱肚子就可以了。"

周炳南连忙打开冰箱,看看有什么能煮的。家里吃饭向来讲究新鲜,很少留过夜的食材,都是当天现买。听说客人老家是北方的,他觉得应该煮碗面。好在家里常年备着自制的卤牛肉,他又赶紧到院子里拔了几根葱。他一边下着面,一边又想着再做两个肉菜。

"没什么菜了,也不早说。要不我现在去超市买点?"他说。

"不要麻烦了,"丽彤摆手,说,"随便吃点,我们还有事商量。"

周炳南麻利地开火、热锅。冰箱里还有一些鸡蛋,可以给她们煮溏心蛋。几根菜心本来是打算第二天早上清炒伴粥的,正好给她吃。面就是普通的银丝面,家里向来不备什么复杂的酱料,用蚝油拌一下,味道也是不错的。他担心这么晚还要商量,是不是出了大事?下手有点抖了,几个菜都略咸。

丽彤向父亲介绍自己的同事,说她"姓郑,现在是我们的店长,很能干"。周炳南忙向郑大姐表示感谢,说十分感谢她对丽彤的帮助。

郑大姐立刻退后几步,摆摆手,说:"我能力有限,也帮不上什么忙。"她也是愁眉苦脸的,周炳南知道遇上麻烦了。

"最近商场在进行外墙整饰,生意大打折扣,"丽彤解释说,"自从商场自行装修,客流量迅速地减少了,我们化妆品的销售量直接减半。"

郑店长低下头,不停地搓着手。

"这个月的销量简直惨不忍睹,"丽彤皱着眉说,"已经跟品牌公司商量减量了,但是他们不同意,不想压库存。"

周炳南听了也跟着愁起来,但他仔细想了一下,实在想不到有什么人能帮上忙。

"没关系的,不是什么大事。"丽彤笑着说,"我们商量一下,度过困难期就好。"

送了店长出门,丽彤还没有去休息,她一个人静静坐着,托腮思考。后来又打开笔记本电脑,不停地敲敲打打。周炳南在一旁默默看着,不知是心酸还是欣慰。女儿已经是成年人了,对于她这个年纪来说,是要自己处理这一切了。她向来有胆识,做生意从来不向父母亲诉苦。但是自己呢,总还是把她当孩子,总想呵护着她。

然而自己也退休好多年了。看看自己身边的人,都已经在安享晚年了。真正要处理这些事情,还得靠她自己。

"那当然还是正常营业的,我现在也在想办法,比如做网上促销。已经跟一些网络平台联系了,希望可以在网上直接卖货。但是要注意分寸,毕竟我们是实体店,不能违反规定。"

丽彤边说边伸了个懒腰:"困了,先不想了,船到桥头自然直。"

周炳南给她端来水果。最近到了榴梿飘香时节,巷口的水果店里弥漫着榴梿的醉人香气。他买了半只,足够一家人吃了。他把其中最金黄的一瓣放到碗里,让她赶紧吃——他自己心里在想着钟的事。

他一直想跟家里人商量,是放弃古董钟这个想法,只管修复,还是坚持原装旧钟,哪怕它是动不了的?然而一座动不了的钟,又怎么会有人买呢?

周炳南去了几家古董拍卖行打听,但没有得到任何结果。拍卖行首先要求看到实物,哪怕是实物照片。而实物还在霍师傅手上,他也不知道究竟修成了什么样子。

他只知道丽彤需要钱。她那个店面,虽然不大,但开起来,一个月要十几万元的现金支撑。他想再掏些积蓄出来支持她，又怕她觉得钱来得容易，一下子花掉了。

他回来的时候，已经是十分劳累。这样的天气，真应该及时降暑。

菜市场里还是海鲜盛季。夏天大家都喜欢吃花甲、海瓜子。周炳南买了一斤花甲，又到处找紫苏叶。这时节，精明的商家就会进一些紫苏，肯定有做海鲜菜的来买。可是问遍了整个菜市场，仍然是没找到。他有些丧气，但也没有办法。突然想起简师奶的院子里是种了金不换的，便打算路过的时候进去讨一把。没想到，简师奶平时成天待在家里，她家大门总是敞开的，这天偏偏紧闭着。

周炳南只好原路返回，感叹"人算不如天算"。

回家的路上，他看到陈伯家开着门，便进去闲坐，讨一杯茶喝。

陈伯最近身体不太好，主要是被孩子们气的。本来拆迁是极好的事，但是因为要搬新家了，他觉得必须装修一下。他怕自己老了，应付不来，就去求助孩子们。然而儿子拒绝了他，女儿也推说忙。

"说我年轻的时候没有关心过他们，没管过他们。"陈伯慢悠悠地，从白瓷茶叶罐里盛出茶叶，加水冲茶，"所以现在我老了，需要他们了，他们也不会管我。"

茶叶在水里翻滚，陈伯出神地望着不断上升的水蒸气，仿佛又想起了一些往事。

"炳业那家人，最近也在吵架。"他忽然对周炳南说道。

陈伯向来喜欢跟周炳南讲周炳基、周炳业的事，知道他喜欢听。"星期六的晚上大吵一架呢，桌子椅子摔得乒乒乓乓，把你们家老太爷传下来的那套酸枝家具都摔坏了。"

"炳业到处在找律师，他说现在法律变了，私生子也可以继承遗产了。"陈伯说着，不停地摇头，"你说这不是老来糊涂吗？炳基、炳业他们现在也不缺什么。"

周炳南心里琢磨了一下，想他们也是为德斌打算吧。德斌现在还住在家里，工作也没什么起色。他们现在年纪大了，应该是希望德斌有一份丰厚的家业，尽快娶妻生子。

"连着下了几天的暴雨，他们的院子后边塌了。"陈伯自个儿絮絮叨叨，"炳业让德斌想办法，德斌磨磨蹭蹭，拖了好几天，最后还是炳业找自己的老友记去做了。"

"现在的年轻人啊……"周炳南正想感叹，陈伯已经先说出来了。

周炳南听了，并没有觉得很开心。这些出生于丰饶年代的小孩，注定是不了解他们的父辈的。想想自己的女儿，周炳南这么想着的时候，嘴角浮现一丝微笑。女儿还是好的，懂得父母的心意，也有事业心，做生意挺有她奶奶当年的派头，就是婚姻路太坎坷了。他一直都盼望着早点当外公呢，现在看来是难得有指望了。

周炳南正想接话，突然闻到一股焦味。

"是不是在煮东西？"

陈伯一拍脑袋，说"忘记了"，赶紧冲去厨房关火。周炳南担心地望着陈伯的背影，他听说老年人不能频繁生气、发怒，会伤害脑子的。

"以前不这样的，这两个月，突然忘性大了，很多事情，怎么也想不起来。"陈伯从厨房里出来，用一把大葵扇拼命扇去院子里的焦味。

周炳南也忍不住着急，说："一定要去医院看看，也许是脑子老化了。"

从陈伯家出来，周炳南越想越不开心。到了这个年纪，总是突然地会患上一些毛病。他担心自己或早或晚也会患上一些毛病。卢淑芬已经这样了,自己也生病的话,丽彤就要照顾两个老人了。这个时候他不由得想起了霍晓光,虽然他们夫妻俩隔阂很多,但晓光是个勤快的人,也肯负责任。有一个能搭把手的伴侣,丽彤就不用独自承担这么多了。

正胡乱想着,突然发现自己也有忘性了,赶紧又走回陈伯家。

"对了,你这里有金不换吗?我买了花甲。"周炳南怀着一丝希望问,他知道这里向来是不种的,"简师奶家里有的,偏偏她今天不在家。"

"她跑大使馆办签证去了呢,"陈伯简直什么事情都知道,"儿子在国外生了病,她要过去照顾。"

周炳南最近几次遇到简师奶,都是劝慰她想开些。生活习惯固然重要,但最重要的是一家人齐齐整整在一起。随着年龄增长,老友记都陆续离开了,虽然自己也快要搬迁了,但心里总舍不得。他最舍不得的就是菜市场了,在这里买菜几十年了,所有的档口都认得,鱼新鲜,肉也好。以后去了新的住宅小区,就得去超市买菜了。

他没有找到金不换,有些不开心。好在路过好婆的水果店时,看到有圆圆滚滚的石硖龙眼。他向来是喜欢吃龙眼的,只是怕上火,向来不敢多吃。可是今年的龙眼看上去十分好啊,一个个色泽饱满,圆鼓鼓的。买了几斤龙眼,周炳南又去找陈伯,两个人剥着龙眼吃,又絮叨了半天。

回来的时候,还没到家门,一眼就看到救护车停在家门口。他心里怦怦地跳,唯愿是人家暂借停一下,然而接着就看到群姐扶着担架跑出来。看到他,群姐唉声叹气,说:"芬姐又中风了!"

17

周怀深到了晚年的时候，放弃了奔波劳碌的生活，选择了在家里平淡度日。

他发现自己确确实实是老了，跑不动了。他依稀记得自己年轻的时候，也是很留恋家庭的。那时，他一心想娶个像母亲那样的太太，在家里操持家务，替他生三五个孩子，到老的时候，像父亲一样，子孙满堂，人丁兴旺。

然而他老了之后，才发现自己仿佛什么都没有。

邓佩华每每看着他，就像目睹仇人似的。她拼命工作，把全副心思都放在学校里。远梅自从结婚以后，就没怎么见过面。远兰见着他，也像是有什么深仇大恨似的。

自家的大门，虽然是为他敞开着，但他每次回来的时候，从踏进大门的那一刻开始，就找不到人。也不是多大的屋子，人都不知躲到哪去了。

他有时也会尝试跟孩子们沟通，然而孩子们已经大了，不再像小猫小狗一样，怯生生地看他，怕顶撞他。他们有自己的想法了，甚至有自己的生活了。

方翠虽然对他热情，但是每次见了他，总是变着法子要钱。然而他已经老了，做不动生意了。家里有时候实在拿不出钱了，就会拿一个古董去变卖。那都是他年轻时搜罗来的，是他最喜欢的东西。他会骂方翠，可是方翠也很委屈，说再不卖就没有米下锅了。两个人吵吵闹闹，他有时候会忍不住呵斥方翠，方翠又哭又闹，于是炳基、炳业与他的关系也很差。

而且社会不同了，他知道自己吃不开了，自己是旧人了。"文革"刚开始的时候，他被检举揭发，从百货公司里揪了出来，被绑在十字扁担上，游了几天街。后来他办了病退，自己编造了一段农村背景，切断了与周氏家族的联系，这才蒙混过关。然而回想起当年的惨境，心里还是有阴影。从那时候起，他的身体就慢慢地变差了，可是他很少说。邓佩华对他总是冷冷的，而方翠那边，也只是一味地索取，从来没有人真正地关心他。

他有段时间，看见社会上有人收金，从普通人家家里收一些旧社会留下来的金戒指、金手镯，再通过门路卖到国营单位去。他看着眼馋，就到处串门去收，居然也赚了不少钱。由于低买高卖，其间少不了一些花言巧语，没过多长时间就被亲戚好友识破了。这是他人生中第一次遭人白眼。但是他已经不在乎了。他心里只盼望着拿到钱，买着糖果饼干回家时，孩子们都围上来，伸出手抢吃的情形。在那一瞬间，他觉得自己是个顶天立地的大英雄。偶尔，他会想起自己年轻的时候——年轻的时候，他是多么讲究、姿整的一个年轻人。

好不容易有一天，他回来的时候，炳南在家。可是炳南对他也是爱理不理的。

炳南现在是知青，在广州近郊的果园劳动，难得回家一趟。大概是因为整日劳动，他晒黑了许多，比以前更壮实了，好在精力体魄也锻炼出来了。看到周怀深，他不再闪躲，而是径直迎上前去，白了他一眼。周怀深本能地后退，忍不住难过。是的，孩子们长大了，他们现在什么都懂，甚至敢鄙视自己的父亲了。

邓佩华还没下班，她在学校里，每年都自告奋勇当班主任。下了班，她还在学校批改作业，给成绩差的学生补课，很晚才回家。

炳南根本就不想理会自己的父亲。他在泵水井边打了水，冲洗了一下脸面，就自觉进小厨房淘米煮饭去了。

周怀深默默地坐在院子里，呆呆坐着。院子里唯一一点响动，是鱼池里的鱼发出来的。这个鱼池里的鱼，也是他买回来的，是几条红尾小金鱼，后来又添了几条白的。今天鱼池里多了一条黑色鲩鱼，大概是等会儿要做菜的。这个鱼池，是他一时兴起说要砌的，邓佩华虽然黑着脸，却没有反对。没想到，现在只剩下这些鱼儿，懂得感恩，还愿意和他在一起了。

厨房里传来噼里啪啦的声音，是油开了。接着是菜下锅的声音，清脆有序。很明显，这个年轻人对于家务是十分熟悉的。

周怀深振奋了精神，走到厨房门口，跟炳南寒暄，说："远兰会回来吗？说起来，我好久没见过她了。"

"不知道，她也要加班吧，最近工厂里又号召大干一百天。"

"哦，又搞活动了。"周怀深突然有点怕自己的儿子，想逗他开心。

炳南生了火做饭，一个人默默地盯着炉子。周怀深这时才意识到自己还没有孩子能干，他有点后悔，自己这一辈子，从来没认真干过什么家务，也从来没有真正照顾过孩子。

"你妈也天天在学校里，每天忙到很晚才回家。"他告诉炳南。他现在不知不觉地变成了一个爱唠叨的老人家，有时又像小孩一样，希望得到家人的关注。

"二姐说她在家的，她还要回来炒菜呢。"炳南说的每一句话都是硬邦邦的。

周怀深沉默了许久，他实在不知道还能说什么了。

大女儿远梅已经成立了自己的小家庭。虽然住在附近，却只忙着自己的孩子了。远兰进了工厂，经常三班倒，说不准什么时候回来。

"你饿了吧，奔波了半天赶回来？"周怀深闻到厨房里传出的饭香味,说,"我给你炒两个菜吧。"

炳南不作声,死死地盯着他。

周怀深走进厨房,望着锅和灶台,突然慌了神。他尴尬地退了出来,说:"还是等你妈回来再做吧。"

炳南冷哼一声,没有再看他。

但是周怀深不死心。他痴痴地望着炳南,觉得这个孩子长得好快,去乡下锻炼了几个月,回来变成一个棒小伙子了。可是他又觉得很难过,看他那样黑的皮肤,不知道每天要吃多少苦,在太阳底下是怎样的汗流浃背。

"我有个表妹,你应该叫表姑的,刚生了孩子,要摆满月酒,我带你去吃吧。"他语无伦次地说。然而炳南再一次露出不耐烦的神情。他在农场的生活十分艰苦,可是在他这个年纪,又最讨厌别人看出他的饥饿。

他厌恶地瞪了父亲一眼。

"还有,我已经找了关系,把你安排进印刷厂。"周怀深依然笑容满面地说,"很快你就可以回城了。有了稳定的工作,以后就不用这么辛苦了。"

炳南沉默着。如果换作任何一个人,他应该忙不迭地说"谢谢"了,这是多大的恩惠。可是眼前这个人,在这么多年来,一次次地给家庭造成伤害。想到过去那些痛苦的事,他什么话也说不出来了。

四周一片沉寂,让彼此之间显得更为冷漠。好在这时候,大厅里传来"当、当、当……"的钟声。

周怀深总算又找到了话题。他望向大厅,望着正"叮当"作响的报时钟,兴奋地说:"这个钟还在用啊,质量真好。"他拍拍炳南的肩,看炳南没反应,只好抬起自己的手腕看表,自言自语,说:"咦,不应该啊,这个钟不准了。"

他看炳南不动,索性自己去把钟搬出来,说:"这个钟你们都没认真观察过吧,其实它是会唱歌的哦。"

炳南仍然面无表情地看着他。父子俩悄无声息地站立着,什么话也没有说。

周怀深摆弄着。也许是停得太久了,到了准点时刻,钟也没有响,他只好自己拨动发条。发条旋紧了,又松开,只听"当当当,当当当……"地敲了几声,门果然开了,金花呼呼地转起来。然而可能是有点锈了,金花转了半天,咔咔作响,人偶却总也不出来,一直在门后边自顾自地转圈。

"这个钟,是名副其实的古董。这还是我娶你妈那年,为了新房子里好看,特意买回来的。"他打开钟座底部,笨拙地推着人偶,想用蛮力把人偶推出来。然而越着急越添乱,人偶卡住了,毫无章法地在钟座后边转圈圈,就是不出来。

炳南突然发火了。他皱紧了眉,狠狠地瞪了父亲一眼,然后,突然站起身,一把将钟座掀起,暴怒着说:"什么破玩意!"

那古老的座钟,向来是又沉又稳当的。偏偏这次,不知怎么了,仿佛是要任性一回似的,突然地向前平移了一段,翻了个侧身,然后沉重地往下坠,重重地磕着地面,发出刺耳的一声响。

两个人都默然站着,久久不说话。

周怀深慢慢弯下腰,吃力地侧着身子,将摔歪了的钟扶正,再慢慢地捧着钟站起来。他知道自己老了,打不动孩子了,也不敢打,怕伤了他们的心。

18

霍师傅一早起来，觉得眼皮直跳。他直觉没什么好事，到了单位，小冼将一封英文邮件递到他面前。

"这是哪个公司的？"霍师傅看到邮件结尾的落款单位，已经猜出了八九分。

"他们回信了，说我们想要找的那款擒纵机构，已经没有了。"

霍师傅默默地叹了口气。根据这座钟的年代情况，他早预料到有这样的结果。可是没有了这关键的部分，整个钟的价值就要大打折扣，一些鉴定机构会认为这不是一件修复品，而只是仿品。

"能不能定做一个，我们付钱？"霍师傅仍不死心。

"我也问过了，"小冼苦笑，"那已经是一百多年前的机芯款式了，再也找不到了。"

"这回彻底死心了，"小冼嘟囔着，"媒体就不应该夸大渲染，每次都说这些古董钟卖多少钱，害得多少普通人家做白日梦。"

"媒体是在帮我们，好东西还是要留下来的。"霍师傅笑着说。

上午十点钟，周炳南来了。他是接到霍师傅的电话，立刻赶来的。霍师傅觉得长痛不如短痛，这件事还是要及时告诉他。

"我们请了全广州最好的珐琅师傅，修复了表盘外围，还有底座。"霍师傅耐心地解释，"有些地方实在无法修复，比如这里，这里，还有这里，是新做的。"

"这个钟包含了打点、转花、人偶，所以是采用四套传动系统，内部结构非常复杂，要靠多组动力机构协调配合。由于年代久远，零件缺损得厉害，特别是一些老零件，因为材料、做工的不同，无法用现在的零件替代。"霍师傅说到一半，发现周炳南眉头紧皱，完全没听进去，索性不说了。

现在修复到这个程度，对于霍师傅来说是满意的了，可是对于它的主人来说，所诉求的当然不止这样。

"希望你能接受大部分的零件置换。"霍师傅坦诚地说，"找到原厂零件的机会极其渺茫。"

"如果就这样呢，只是修复到此为止？"周炳南问。

"一座不会动的钟，"霍师傅略顿了一顿，说，"在我们看来，就不能称之为钟了。"

周炳南说还想再考虑考虑，霍师傅点头表示理解。

送走了周炳南，霍师傅将钟体连同修复材料一起归整好，搬入内室。外间有一只白瓷镶金丝孔雀钟，修复难度比较低，现在没有回音，他只能先做这个了。

他在打开的游丝内桩中，轻轻地插入一根锥形圆芯，这是为了测试游丝的平行度。做这件事的时候，同样是要十分细心、稳固，要反复地测试，才能找到最后精准的位置。

中午十二点的时候，丽瑜来找他。最近大概是心火燥，嗓子接连发炎。丽瑜笑他："不是我们天天说话的人易得咽喉炎吗？你一天到晚都不说话，怎么生的病？"然而事实确实如此，霍师傅只能龇着牙苦笑。丽瑜每天从家里端来冰糖雪梨水，用一个玻璃盅装着。她说天气燥热，人也容易急躁，千万不要任自己一时之气，伤害了别人，过了一段时间，自己再想起来，又会后悔的。

最近周炳基一直在追问这个钟的修复进度，他吩咐丽瑜帮忙看紧点，钟修好了，他要来搬，这让丽瑜的压力很大。"我还没有想好办法。"丽瑜说。她知道告诉父亲是不对的，但要是不告诉他，他会大发脾气，天天打电话给她，话也说得很难听。

"你就说，我们所跟炳南叔签了合同的，不可能让他搬走。"霍师傅给她出主意。

"已经说过了，但我爸说，就算是不让他搬，他也不让细叔搬。这个钟是我爷爷留下来的，当初并没有决定归属。他现在要跟细叔打官司，重新划定家里遗产的归属。"

霍师傅不知道具体是怎么回事，只能安静地听着。

"人老了，跟小孩子一样，他们只是斗斗气，总会好的。"丽瑜小声地叹了一口气。

她不是安慰霍师傅，而是安慰自己。霍师傅对他们家的事知之甚少，而她最揪心的是她父亲的脾气，一把年纪了，还去争这些身外之物，可是她又阻止不了。

中午十二点，霍师傅已经在收拾工具了。突然陈大姐跑来了，说领导有急事找他。

霍师傅吓了一跳，毕竟已经是下班时间，临时被领导叫去，肯定没有好事。

丽瑜笑着安慰他，说："没事的，她最近到处找人批评。"

霍师傅急匆匆地来到会议室，看到荆所长站在一座自鸣钟旁边。"是一位退休老干部捐赠的，据说是家传的宝贝。"荆所长解释说。她特意把他叫来，是希望他能尽快把这座钟的修复安排上。

这是一座铜鎏金自转跑人布景箱钟。钟的底部是一个舞台装置，里面有四套布景，四副对联，八套内容循环变换。霍师傅仔细看了一下，估计这座钟有三套动力机构，难的是跑人部分与布景箱部分的配合。要做到跑人与布景转动的频率一模一样，各部分零件的咬合就得严丝合缝，有丝毫的偏差都会影响跑人的频率。

霍师傅再仔细检查了一遍，查看一些关键零件的缺损。有几个部件看起来锈蚀程度不同，不像是生产于同一年代的，这让他觉得有可能是赝品："倒是可以修复，但是这个珐琅座，跟这个机芯，不是同一时代的。"

荆所长听了脸色一沉，但随即缓和过来，说："先修复着吧，反正也不是用来卖钱的。"大概是管理的事务太多了，她最近总是带着一种焦躁的情绪。"多长时间能修好？"她着急地问。

"说不清楚，至少也得三个月吧，得先评估锈损情况。"

"三个月吧，不能太久了。"荆所长皱着眉，打断了他的话。

她到研究所几个月以来，一直愁眉紧锁，大概是感到压力很大。她说到所里的秩序，说："资料组没有挖掘出重要的史料，书画组只沉浸于修复技艺，并没有考虑修复的作品是否能体现本所的价值，而钟表组呢……"她说着就停顿了。霍师傅觉得钟表组跟书画组是一样的，他们都是只专注于技艺本身的人。

"听说你跟丽瑜是一对儿？"荆所长突然话锋一转。

霍师傅吓了一跳。他们之间一直没有公开过，不确定到底有多少人知道。他承认也不是，不承认也不是，只好也转移了话题，笑着说："那这一座先安排上吧。"

荆所长点点头，说："这种带布景箱的钟表，是最能体现历史的……我虽然是外行，但读过一些历史书，总体上还是懂的。"

霍师傅回到了办公室，给丽瑜发了个短信，告诉她没事。

苏师傅正在专心致志地修复一座转花亭式卷帘钟，因为有大片珐琅，又有银饰工艺、宝石和石雕花，他也面临着零件缺损的问题。他自己亲手画了修复图，请市手工行业的各家名师帮忙修补。由于这座钟的链条缺损太多，还要请铜雕师傅做新的链节补配。苏师傅最近陷入了极度失落中，在工作室里的人，都能强烈地感受到他的挫败情绪。他自己一个人在院子里转来转去，发了狠，表示不修好这座钟，决不罢休。

下午四点的时候，霍师傅去了徐师傅的珐琅工作室，取回一部分修复好的物件。

佳卉照清单收拾了，用一层油毡布包裹着，再用废报纸打包好，说要替他送回所里。

"不用不用，我自己就可以了。"霍师傅说。

"送你就送你，哪有这么多话的。"佳卉没好气地说。

霍师傅提着沉重的配件，站在公交站边。这个地方由于是郊区，公交车很久才来。天空渐渐地暗了，仿佛要下雨。霍师傅不由得皱了皱眉头，这样低沉的天，黏稠的雨，可能要下很久。

"我打算离开二叔这里，回家去了。"佳卉突然说道。

她告诉霍师傅，自己一个人在广州打工始终不是长久之计，这几年年纪大了，家里经常催着，希望她能回老家。在老家能找到稳定的工作，还能找到合适的人结婚，生孩子。

"也不失为一种很好的选择。"霍师傅说。

"反正过日子，跟谁过都是过，是吧？"佳卉没等他说完，用戏谑的语气打断了他的话。

霍师傅听出了她语气里的不高兴，便不再说下去了。

他是不爱说话的人，在办公室里，因为跟熟悉的在一起，还不觉得。此刻，真是脑子里一片混乱，自己也不确定要说哪一句。佳卉又深深地看了他一眼，说："结婚生子总要看对象，要是自己喜欢的人，对吧？"

"那当然……"霍师傅顺着她的话,匆匆收尾。

佳卉望着他,非常期待他说能出些什么。然而霍师傅只是安静地站立着,紧张地望着公交车到来的方向。他怕佳卉看出了他的紧张,在站台上踱着步。

两个人又有一句没一句地聊了几句。霍师傅提醒她不管是在哪里生活,都要注意安全。他怕佳卉误会,不敢说太多,但又担心小女孩不谙世事,冲动地掉入生活的旋涡中。

佳卉感觉到了他的为难,不再多说,说自己有事要先回去了。她惆怅地挥手,说:"再见了,下次你来,可能就见不到我了。"

霍师傅虽然平时生活简单,没有经历多少人情世故,然而对于男女之情,多少还是明白的。他早就知道了佳卉的心思,但总是装作不知道。他不懂得拒绝,只好选择逃避。他觉得自己已经有丽瑜了,那就是一份完善的情感,不应该掺加任何的杂质。

他仍然像一个朋友般安慰:"你好好考虑一下,也不要贸然回乡下,自己的生活自己做主。"

他没想到,这句话似乎又给佳卉带来了一丝希望。她高兴地点头,说:"好,那我再想想。"

这天的公交车来得特别晚。霍师傅翘首以待,等了很久,才终于等到车。天色渐暗了,雨飘洒了几滴,就停止了。佳卉站在他旁边,静静地等待着,然而他始终没有多说什么。

霍师傅回到办公室时,早已经过了下班时间。他给丽瑜打电话,丽瑜也已经回家去了。"我今天下午送珐琅件去了。"他解释说。话语里竟然有些心虚,好在丽瑜并没有听出什么异样。

他呆坐了一会儿,听到隔壁有响动,跑进去一看,小冼还在忙碌着。

霍师傅忙招呼他回家，说："做不完的明天再来。"然而小冼不愿意回去。他说现在房东正在准备搬迁，每天都很吵，一直在收拾东西。

"那你一定要赶快找地方搬，安顿好自己，"霍师傅说，"我听说这种公家拆迁的，说搬就搬了。"

小冼点头说"是"。

两个人背对背，各忙各的。霍师傅小心翼翼地拆下了铜鎏金自转跑人布景箱钟，将各部分零件分类归置。他看到布景箱连着三套动力系统，分别对应着走时、转花和跑人，忍不住叹了口气，这意味着只要任何一部分没调校好，就有可能导致整个走时结构的改变。

他决定先把底层布景箱修复好。首先要把残破的背景画拆下来，拆分成框架和画板，认真评估画板的破损程度；接着是查看夹板与传动杆的连接情况。由于是机芯前夹板的转动带动大齿轮的转动，因此这部分啮合带动的精确性非常重要。他打算先将主板两边的传动杆修好，看看能不能带动布景板的转动。

两个人默默干着活，只有偶尔镊子与螺帽相碰，发出轻微的声响。渐渐地，天暗下来了，起了风，外面的香樟树沙沙地响。霍师傅开了灯，黄色的光暖暖的，照射着那些不停晃动的钟摆，仿佛时间也混乱了。

chapter 7 ———————————————————

第 七 章

眼看着秒针越过时针和分针,天色也慢慢地黑了。眼前突然变得柔和,原来是月亮出来了。不知是不是因为快到中秋了,月亮显得又大又圆,好像半空中贴着一个铜盘。

19

搬家的日子一天天近了。

隔壁姓郑的一家人,已经搬出去了。搬家的那天是早上,大概为了赶上好时辰,只听得汽车轰隆声,在清晨时分特别清晰。等到街坊邻居早上出来,发现门口敞开,全家人已经搬走了。

第一户人家的搬走是个讯号,附近的几家也在准备着。这几天大家见面,都是打听请搬家公司的事。周炳南也是跟邻居们闲聊了,才确定了合适的搬家公司。

大概因为盛夏已过,早晚渐凉了。周炳南早上起来的时候,得披上一件单衫,不然容易感冒。因为要搬家了,他最近都是在巷口买云吞回来,用一个保温盒装着。那家云吞店在巷口开了十几年了,周炳南觉得很舍不得,现在是吃一次少一次了,虽然大街上也有不少云吞店,但都不是这家店的味道。

然后是去菜市场买菜。

菜市场里的档主们都知道他们要搬迁了,看到周炳南来,都说舍不得,话不多说,立刻就给他打折。然而两个老人家也吃不了多少。他买了点莲藕和肉,打算做藕饼,味道香甜又好消化,也是费工夫,可以躲在厨房里大半天。

买菜回来,看到街口玉嫂的海味店打折,忍不住又进去看了一下。

玉嫂是卖广式海味的,周炳南常光顾。在店里看了半天,干蚝、元贝各称了一斤,陈肾也要了两斤。大概是这一片都要搬,玉嫂也只能搬迁了。周炳南看到店门口贴了一张鲜红的告示"全场三折"。本来大家都要搬,不应该买这么多的,但是比对着价格,他还是忍不住买了。他想着到了新家也是要吃的，而且品质还没玉嫂家的好。

"年轻的时候，身体就差，记得生丽彤那年，差点流产。"买好了，又闲坐了一会儿。玉嫂在这里开店多年，对于各街坊都是认识的，说了几句闲话，又说到了卢淑芬的身体状况。

周炳南回来的时候，卢淑芬正拿着病历发呆。

"怎么了，有什么不舒服？"他把菜一样样地摊好，把干货收到一个密封箱里，"今天要去医院复诊吗？群姐还没回来？"

"她去捐旧衣服去了，拿到那边的慈善点去。"卢淑芬回答。

家里清理出了许多陈年旧衣，实在没办法带走，只好都捐出去。群姐力气大，提着两个大塑料袋就走了，但是她说，现在的慈善点还挑剔呢，有些衣服太旧就不要了。

桌子上摆着一叠旧相册，这些是绝不会扔的，应该直接打包装箱，但卢淑芬说自己闲着也是闲着，不如整理一下，多少能减轻点负担。

卢淑芬颤抖着，用仅能活动的左手，缓慢地翻动相册，一边翻一边说："好久没看过了，你看丽彤小时候，肥嘟嘟的。"

她第二次中风之后，右手几乎不能动了，脸色灰灰的，表情也不太有了。但是此刻，她环顾四周，满脸惆怅地说："住了几十年，没想到真要走了，以后这些东西都想不起来了。"

周炳南默默地搬着东西，相册里大部分是丽彤的结婚照。那时他们还说要挑几张出来，放大了挂在墙上的。现在他不忍心再看，匆匆地装入纸箱里。

趁着丽彤还没起床，他跟卢淑芬商量丽彤的事。"晓光听说要搬家，要来帮忙，他说我跟丽彤两个人是忙不过来的。"他说完有些默然。家里确实人气不足的样子，丽彤一天到晚在外边跑，搬家的事全靠他自己一个人张罗。最近霍晓光的表现让他改变了主意，他忍不住跟卢淑芬商量："我看晓光还是有心的，不然也不会特意跑来帮忙。你找机会问问丽彤是否还有可能挽回。"

卢淑芬也是犹豫不决，按说自己作为母亲，是应该劝和不劝分的。可是丽彤从小就有自己的主意，跟霍晓光在一起的那几年，确实有很多冲突，还有婆媳矛盾、生活习惯上的差异，都是解不开的结。她想了半天，正打算说话，突然听到"哇啦"一声，一只猫跳下来，落到花盆里。

猫是隔壁家养的，平时出入惯了，周炳南非常熟悉。邻居家一共养了两只猫，一黑一白，黑的那只没看见，或许是跟着走了，白的这只没带走，成了野猫，这几天一直在附近喵喵叫，大概是想找到主人。

周炳南突然觉得有些难过，想这只猫肥白可爱，年纪也不大，为什么主人偏偏把它丢下了。

家里一天比一天空旷。院子里几乎空无一物，石桌石凳卖掉了，鱼池清理干净了。他把鱼池里的鱼全都放生到公园去。虽然家里人都告诉他，鱼离了鱼池可能活不了，他也没有办法，就当它们都在公园里自由自在地玩吧。院子里还有两盆花，是将要盛开的茉莉，周炳南说送给陈伯，说："他现在一个人在家，十分闲，做事情很有耐心的。"

"那自然了，也是搬不过去的。"卢淑芬说。花圃里还有几盆菊花、月季，是带不走了，只能任由它们自生自灭了。

选了个周日的上午，先给丽彤搬家。周炳南撕下日历，念给卢淑芬听："今日宜入宅、嫁娶，财神位在东南方向。"他执意让丽彤先搬，先把她的小家安顿好。她成天忙着生意，没办法一个人打理的。

丽彤一大早就起来了，脸色看起来很不好。这里是她从小到大生活的地方，可是搬了家，以后就再也回不来了。她再三环顾这个小院落，在院子的各个角落默然地蹲着。

周炳南拎了个保温盒去巷口买云吞。"以后远了就吃不到了，她从小就爱吃这家店的云吞。"买了早点回来，他赶紧给"神婆"打电话。虽然是丽彤一个人住，也是要郑重其事，搬进去还是要安灶、请神。丽彤说因为自己是生意人，家里一定要请关公。周炳南点头认可，他很早就去请人算了日子，找了最好的"神婆"来安神台、请关公。

要装车的行李全都打包收拾好，周炳南自己一个人一趟趟吃力地往外搬。门是敞开的，有人推门进来了。

来的人是霍晓光。丽彤正在忙着收拾自己的衣物，夫妻俩见面有些不知所措，但他是来帮忙的，她也不好多说什么。卢淑芬摇着轮椅帮忙拿一些小物件，她站在门口指挥："别忘了洗手间里的化妆品。"

丽彤忙着埋头打包行李。她是故意想让自己忙起来，因为不好意思跟霍晓光说谢谢。霍晓光也没有多说话，闷头帮忙干起活来。

周炳南心里略有些安慰，又有点紧张。丽彤搬过去的这套房子，说是租的，其实仍是他名下的。他一直就有这么一套房，虽然在市区，但比较破旧。本来也是预备着丽彤结婚后，就给她重新装修的。结果她结婚后不久，小两口就闹矛盾，关系一直紧张。至于霍晓光，他一直不知道这套房子的存在。丽彤大概也想到了，没有再多说什么。也不知道霍晓光从哪里得到的消息，但这么一来，就等于她的新地址，他也是知道的。她不由得皱起了眉头，本来搬家就难过，现在更添了一种烦乱。

卢淑芬推着轮椅，到处提醒，哪些是食物，哪些是器具，"小心点，不要打碎了"。

周炳南心里难过了一下，要是中秋后再搬就好了，还可以在院子里摆了小桌子，一起赏月光。还是卢淑芬安慰他，说："我们就一家三口，简简单单，到哪里不是过。"他也只好点头，心里已经计划着，到时一定要让丽彤回来过中秋。

"晓光，你帮帮忙，准备装车。"周炳南招呼着。

车来了。因为巷子小，约的是一辆中型车，打算多搬几趟。两个跟车的师傅帮忙搬运，周炳南吃力地拖家具。这天气，虽然已经是入秋了，但非常闷热。他跑了两趟，已经觉得要中暑了。

他正打算迈步出门，一抬头，却撞上了一张黑脸。

"账没算清楚，你不能动。"周炳业堵在门口，一副凶神恶煞的表情。

搬家的喧哗声吸引了周炳业。他以为是他们全搬走了，立刻从巷尾跑过来。也有可能是有人通知了他——街坊里总有些喜欢看热闹的。周炳南抬起头，看到巷子外边已经站了不少人，都是老街坊，有想帮忙的，有打算看热闹的。

两个人僵持着，谁也没有动。

周炳南本想解释，转念一想解释也没用，自己也是要搬走了，前后差不了几天。

他其实自己也没搞清楚到底是怎么一笔账。也是奇怪，这么多年，怎么也算不清楚，也许这本就是一笔糊涂账。可是现在他们要走了，周炳业也说不清楚到底自己是什么想法，一定要在分别前算清楚。他没有打听过他们搬去哪里，仿佛他们一走，就从他的生命里消失了，再也不会出现了。

"要搬也可以，把阿爸当年留下的东西交出来！"周炳业叉着腰，一副凶神恶煞的样子。

他太太阿清紧跟在他后面，想拦着他，又拦不住。卢淑芬吓坏了，话都讲不出来了，咿咿呀呀的。阿清看到她，更是吓了一跳，虽然是听说过她的情况，毕竟很久没见了。她印象中的卢淑芬还是中年时，那个爽直豁达的样子。看到她现在连路都走不了，阿清难过得眼泪都要掉下来了。

司机进不去，气得哇哇大叫。两个搬家工人黑着脸，其中一个较为年长的，稍微温和些，指挥周炳南装车，说："再不搬，我们就走了，超时要加钱！"

"他们不能走！"周炳业气呼呼地说。

周炳南本来是想避免冲突，哪怕解释一下也是可以的。可是看周炳业那气呼呼的样子，他又决定什么都不说了。

周炳业忙着打电话给周炳基。电话那头的周炳基不知在说什么，大概是没法赶回来。周炳业急得大吼，说："今天不拦着，以后就没机会了！"

周炳南皱着眉，打算绕着他走，可是他丝毫没有要让路的意思。

记忆当中，这样的对峙已经是三十多年前了。那时还是半大孩子，拎着板砖，呼呼地抡着，无所惧怕。周炳南气呼呼地盯着对方。大概是上了年纪，力气也使不上来了。他不愿意横生枝节，毕竟是择了好日子，下定决心要搬的。

周炳业冷冷地将周炳南从头打量到脚，说："你就不能讲一次理吗？"周炳南听了这话，气得浑身发抖。他扶着门框，颤抖地说："我什么时候不讲理了，什么时候不讲理了！"

街坊们不由得围拢了，有开劝的，也有等着看事态恶化的。丽彤急着上前阻止，周炳南让她不要掺和，说"这是我们两个老人家之间的事"。

他已经气得浑身发抖，想奋力推开，但是又觉得窝囊，想要真正面对一次。周炳业年纪也不小了，多说了几句，也是被刺激得浑身发抖。周炳南觉得很无奈，也不忍心，真是的，何必呢，都过半百的了人，为什么非要在街坊邻居面前丢人现眼？

两个老人家，似乎怎么劝都不会好，真要再打一架。他们之间积累了太多仇恨，年深日久，随着年月的增长，已经变成了顽固的记忆。从很多年前开始说，几十年的恩恩怨怨，延续到今天，已经彻底算不清了。

周炳南握紧了拳头，大声嚷道："快点，我要走了，你不要误了我的吉时。"可是周炳业并没有理会，依然是冷冷地盯着他。

巷子本来就窄，有一点动静巷头巷尾就都听见了。来往的街坊也多，顿时把巷口挤得水泄不通。连卖水果的好婆都丢下了摊子，跑到巷子里看热闹，一副看八点档电视剧的表情。

"要走了，要走了！"司机急着要走，也不管周炳业怎么阻拦，当下进了车里，启动了车子。周炳业也是胆大，立刻就蹿到车头，挡在车头前面。车子本来已经启动了，引擎咆哮了几下，看到实在走不了，只好又熄了火。

周炳业依然堵在周炳南面前，声音洪亮："那，我都记得的，当年有一个明朝的古董花瓶，白瓷的，细口，瓶身有浮雕花的！"周炳业全然不管别人，只对着周炳南乱吼。

司机上了车，轰隆隆地发动，车轮立刻呜呜地转动起来。周炳业强行冲到车头前，张开手臂，大声喊："不能走，谁都不能走！"

"危险，危险！"霍晓光着急地喊。他冲上前阻止，然而两个老人家没有丝毫退让，反而都叉着腰，纹丝不动地站在车子前面。

两个人都摔倒在地。周炳南先是觉得眼前一黑，接着就是一阵阵的痛。

20

一九七五年,周怀深去世。

在他的预想中,他有两个太太、五个儿女,那将是一个人丁兴旺、儿孙满堂的情境。然而,现实完全不是那样的。

周怀深是在方翠那边去世的。去世之前,他似乎有预感,把家里的东西都交给了邓佩华保管,还吩咐方翠:"将来我不在了,你要听佩华的。"

他在生病之初,就把家里的存折、现金都交给了邓佩华。他的一些心爱之物,在乱世之中保留下来的几只古董花瓶和古字画,也嘱咐她保管好。

他生病之后,基本上住在了方翠那边。方翠虽然嫌弃,却是一直照顾着他,直到他临终。但是在他弥留之际,他要求请邓佩华跟孩子都过来见最后一面时,方翠拒绝了。

他怀着一丝遗憾闭上了眼睛。也许因为不能如愿,他没有对炳基、炳业多说什么。

他的遗体摆在方翠家,但是邓佩华不过来,她自己设了灵堂。由于她是众所周知的周太太,去她那边拜祭的人还更多些。

灵床用厚厚的孝被盖着,仿佛有个人在上面安静地睡着了,实际上是用周怀深的旧衣服摆出了遗体形状。好在来的人还是络绎不绝,毕竟都是住了十几年的街坊。街坊中有些不常走动的,也不知道方翠的存在。邓佩华领着孩子们站在门口,面无表情,对着来慰问的亲戚朋友一一鞠躬。

就在要送去殡仪馆的那天晚上,方翠领着孩子们过来了。她全身穿白孝衣,一进门,就一头撞向周怀深的牌位:"深哥,你刚走,我们就被人欺负了！"

周围的人都诧异地看着她。

邓佩华冷漠地望着她，她觉得现在两个人可以说是毫无关系了。但是方翠走到她面前，不依不饶地说："深哥的后事未了，孩子们都要吃饭，那些账不能稀里糊涂的。"

"你这又是何苦呢，人都已经不在了。"周怀深哥哥的儿子世豪好言相劝。可是方翠说："趁着深哥尸骨未寒，应该把账算清楚，他的存折都在你这里。"

周怀深死后，方翠收拾遗物，这才发现所有的房证、物证都写的是他一个人的名字，或者是他和邓佩华两个人的名字。她虽然没有文化，却直觉地产生了深深的恐惧。

邓佩华笑着摇头。她的表情有些漠然，不知道如何反应。他们苦苦撕扯的三个人，无望的三角关系，如今终于崩塌了，只剩下两个人了。她每天咬牙切齿恨着的，如今仿佛一切都不存在了。

"深哥眼睛刚闭上，你就这样欺负我？"方翠确实是崩溃了，她绝望地哀号。

方翠强烈要求邓佩华将存折交出来，把财产清算好，不然就见不到遗体。可是邓佩华并不惧怕。她独自支撑了这许多年，再没有什么是能让她害怕的了。她冷静地说："你自己想清楚，没过几天，尸身就要臭了。你现在把深哥交出来，我还能出丧葬费。"

"姓邓的，你欺人太甚！"方翠说着话，一头向灵牌撞去。

那是一个两家人都无眠的夜晚。巷子这边，一家人守着假的遗体，默然地坐在草席上，感觉到了命运的讽刺；在另一边，他们守着一具似乎并不属于他们的遗体，无声无息地哭泣着，也同样觉得讽刺和荒唐。

在周怀深去世之后，两家人彻底地闹翻了。灵堂上闹得一片混乱，像是个笑话。闹了几天，遗体还是送去了火葬场。因为是周怀深的妻子，所有事务必须由邓佩华签字。最终是由她冷着脸，将后事全都办了。而方翠则是彻底地崩溃了，她想不明白，为什么自己侍候了丈夫一辈子，到头来却成了一场空。

在随后的二十年里，两家人有过几次大的冲突。首先是方翠一直吵闹，说根据周怀深生前的嘱咐，他留下的财产要两家平分。然而邓佩华认为无凭无据，没有理由执行。有一段时间，炳基、炳业不时上门恐吓，要求清查财产，邓佩华闭门不让他们进入，说现在也不剩什么财产了。炳基、炳业并不相信，把门拍得震天响，不开门就不罢休。这件事情惹怒了炳南，他也约了几个死党，提刀带枪的，上门震慑了他们，让他们不要挑事。炳基、炳业拿着扫把站在门口，差点把炳南的腿打断。

二十世纪八十年代初，有过一次人口大普查。方翠想要重新正名，可是事情已久，大家都不同意。她的行为引起了新闻记者的注意。那时候民间办起了一些小报，很热衷于报道本地的家常八卦。邓佩华知道后，找了她以前的学生，已经在报社当领导的，把这件事压了下来。

方翠曾站在邓佩华的房子门口，对着院门破口大骂："你真喺黑心，欺压咗我几十年，现在仲要来迫害我！"街坊们都不知道她在说什么。也有些人以为她在说"文革"往事，饶有兴趣地停下来听。可是听了半天，也没明白她在说什么。

两家人就是这样奇怪地存在着，巷头巷尾的，谁也不服谁，谁也不理谁。就这样度过了余后的二十年。

邓佩华是一九九六年病故的。

她去世以后，方翠一度想以周家当家人自居。她天真地想要合并两个家庭,然而这算是一种异想天开了,从法律上来说就不允许。这时候几个孩子也都成家立业了,有了各自的家庭。她自己也年纪大了,说起那些陈年旧事,政府的工作人员都不相信,以为她是老了说胡话。

她不死心,一度在街道居委会奔走,跑了几趟,没有办成。连炳基、炳业也要求她不要乱说话,周怀深已经去世多年了,再追究已经没有意义了。她后来老了,有些糊涂,经常坐在家门口发呆。别人问她在想什么,她会说:"我唔记得了,要恁好耐(想很久),才记得我哋乡下是哪里。"

如果有人说起她的故事,说她是扫帚星,丈夫没几年就去世了。她就会说:"我哪里丧夫了,我老公一直在身边。你睇,这是他穿过的衣服。"但她显然忘了,周怀深的衣服,后来都改了给炳基、炳业穿了。周怀深毕竟是家里的经济支柱,他去世后,家里的经济更拮据了。

她时常坐在门槛边上,摇着葵扇,仿佛在想着什么。有时候,似乎想起了一些,跟炳基的太太阿蓉说:"快到中秋了,是不是要提一抽月饼过去?"她的记忆是回到了许多年前,那时候周怀深还在,她也想过要讨好邓佩华。然而她已经忘记了,其间又经历了许多相互仇恨的岁月。她忘了儿媳妇刚嫁过来那阵子,她对她们说:"千万记住了,不要跟巷头姓周那家的人说话!"

到她临走的那一年,仿佛又清醒了一些,能记起过去的不少事情。她回忆说:"我小的时候,家里也是乡下的大族,有好多兄弟。我那时住在一个好大的院子里,跟他们玩捉迷藏。有个本家的姑嫂,到我们家做长工,兼照顾我,她又高又瘦的,做事特别麻利。后来我爸去世了,家里一下子就败落了。母亲带着我们几个,养不起,就把我送到红姐那里了。"

她坐在屋子里,跟孙女玩抛石头的游戏,像所有无忧无虑的孩子一样。她给孙女丽瑜买麦芽糖吃,嘱咐她不要告诉父母。过年的时候,她给丽瑜买了一双锃亮的黑皮鞋,说:"我记得我小时候,过年的时候,我妈也给我买黑皮鞋。"她说起小时候富裕的家,非常怀念,记得家里摆着的大橱柜,记得她的黑皮鞋和小首饰。

她像是完全忘记了其间漫长的四五十年。

21

上午八点，霍师傅已经来到了办公室，打开了工具箱。

苏师傅去外地开钟表交流会议去了。他带着几个难以解决问题的座钟及图纸，满满当当的，要找钟表界的师傅们一起交流讨论。

面对着难以解决的技术问题，苏师傅一直吃不好睡不好。为了尽快解决修复难题，苏师傅承受了很大的打击。再也没有比这更重要的了，甚至是他女儿大学毕业，正在找工作，都没有这件事情让他着急上火。

他也嘱咐霍师傅，近来所里人事变动频繁，钟表组不要出声，只管好自己。

苏师傅打算全力修复一座铜鎏金吐珠水法塔式钟。这座钟光钟座就分四层，又是镂空的塔式，造型十分复杂。苏师傅接手之后，已经是夜以继日地修复了。然而由于两套动力机芯不能配合，再加上管风琴管打点有容易卡顿的问题。苏师傅为此特意申请上了一趟北京，亲自把这套装置带上，给这一行的老专家们看看，请名家把脉。他认为这座钟修复好了，将是研究所的镇所之宝。

工作室里少了一个人，仿佛时间也慢了一半。霍师傅将擒纵叉下榫装入主叉板，装配后要反复进行调试，叉头不能过高，也不能过低。他凭借多年的经验，在装配这一部分已经是十分有耐心。装配好之后，看到钟表显示时间才到了十点。"怎么感觉今天特别安静呢？"他有些惆怅，用螺丝刀划刮一个座钟的耳边装饰，结果那些发光的金属片，散落了一地。

钟座的装饰已经做好了，双层的料石转花已经可以呼呼转动。霍师傅本来想高兴地说点什么，但是看小冼却是一副不高兴的样子，他只好先不说这个，试探着问："房子找到了吗？"

小冼最近经受双重打击。一是房主搬迁在即,希望他赶紧找房子搬出去,小冼没办法,虽然一直以来跟房主相处良好,但还是要找地方搬,可一时又找不到合意的;二是所里不同意再招人了,只同意按照临时工聘用,并且还要减工资。

苏师傅人还在北京,听到这个消息,气得在电话里哇哇叫,说:"太欺负人了。"通过电话就能听到他呼呼的喘气声。喘了半天,他平静下来,才说:"你们不要乱动,不要乱说,等我回来再想办法。"

霍师傅平静地说"好",回到工作台前,继续他的修复工作。

十点钟的时候,大小座钟一齐"当、当、当……"地奏响了。

霍师傅一个人进了内室,将最精细的机芯部件进行组装。这是最关键的部分,每一个步骤都要十分细致。首先是以发盘条为核心,用轮弦将所有的齿轮固定好。然后是组装传送带与各部分的连接处。在这些连接处中一个关节过松或过紧,都会影响整个机芯的运转。

出来的时候是中午十二点,擒纵机构已经装配好了,叉脚和擒纵齿轮都已经反复调校,接下来还要调校摆轮游丝,但他有信心,用两三天时间就能顺利完成。

丽瑜打开饭盒,给他带来老火汤、冬菇焖鸡、炒菜薹。他们俩现在有了更深的默契,丽瑜会给他带饭,两个人一起吃。丽瑜喜欢清淡的,他也习惯了清淡的饮食。

"秋天早晚温差变化大,得多喝些水。"丽瑜说,"人要应四时而动,照顾好自己,不要以为自己还年轻。"

霍师傅淡淡一笑,点头说"知道了"。

两个人坐在休息间吃饭。丽瑜给他夹菜,问周炳南的那座钟修得怎么样了。

"现在擒纵机构已经修得差不多了，传送系的轮片我也已经全部打磨好了，"霍师傅回答得很细致，"估计下个星期就能把机芯组装好。"

"慢慢来，不要太累了，"丽瑜安慰他说，"现在更不急了。"

霍师傅点头说好，跟她一起吃饭。

下午两点半，刚上班，荆所长就把霍师傅叫去了。

霍师傅毫无准备，想大概是问自转布景箱钟的修复情况。结果荆所长问的是小冼的工作，说了半天，还是想把小冼辞退。

霍师傅听了勃然大怒，挥舞着双手，说："把他辞退了，那我也不干了。"

荆所长没想到他一个老实人，竟然发起了火，一下子愣住了，看了他半天。

霍师傅忍住火气，将钟表组的工作进度大致说了一下。他是个不爱说话的人，但是看荆所长的样子，似乎不把所有的技术问题告诉她，她是完全不理解的。

"曹师傅在这里也有一两年了，为什么不培训他？比如这次会修，可以考虑带他出去见见世面嘛，你们平时也不教他。"果然，荆所长脸上露出疑惑的表情。

"曹师傅算是个外行，"霍师傅倒抽一口凉气，"修表是一门手艺，需要天赋，更需要磨炼和努力，不是随随便便说干就能上手的。"

霍师傅向来是个脾气温和的，他突然发这样的火，把荆所长也吓了一跳。荆所长还想说服，但霍师傅出乎意料地强硬。最后，他斩钉截铁地说："如果不把小冼留住，剩下的这几座钟是无法按时完工的。"

荆所长被抢白得脸一阵阵地红，但是霍师傅如此坚持，她也无法多说什么了，只好两手一摊，说："那就等苏师傅回来再做决定吧。"

回到修复室，已经是下午四点了。按照惯例，他们会叫外卖下午茶。近来因为苏师傅不在，他们也就没那么积极了。苏师傅不在，陈大姐也就不来了，工作室里立刻安静得吓人。

好在到了五点半左右，丽瑜又来了，她轻轻推开门，小心翼翼地说："没打扰你吧？"

丽瑜是给他送下午茶来的，用一个玻璃盅装着，里边是用枸杞点缀的冰糖炖雪梨。最近所里谣言四起，她一点儿也不担心，反而更频繁地走动了。

"秋天天气干燥，人也容易发火，要多喝点糖水。"她温柔地笑着说。

霍师傅也忍不住笑了，说："你来晚了。"他把跟荆所长吵架的事告诉了她。丽瑜听得直摇头，又忍不住推他，说："还有这种事，你倒真敢！"

"不然怎么样呢？难道任由这些钟表废弃在这里，拖到不知猴年马月才能修好？"霍师傅说。

两个人正说着，突然听到门外一阵喧哗，他们忙跑出去看，原来是佳卉来了。佳卉是第一次来，被保安拦住了，要登记，要交代找谁。好在遇到了小冼，小冼把她带进来了。

佳卉是来送货的，手上挽着很大的一个挎包。她小心翼翼地将挎包放下，把珐琅件一件件掏出来，说："打你电话也不接，我只好自己跑来了。"

霍师傅听了不由得红了脸。佳卉给他打过几次电话，都是有的没的找他闲聊。他是有点厌烦了，后来打过几次都没有接。

佳卉看到丽瑜，格外地望了两眼。丽瑜也注意到了，回以一个亲切的笑容——但仿佛是出于女性的直觉，觉得这个女孩的眼神有内涵。霍师傅突然有点慌了，他不希望丽瑜误会，忙接过佳卉送来的物件，客气地说："实在不好意思。最近忙，有时错过了电话。"

佳卉没有继续责备，温柔地望着他，仿佛期待他再说些什么。

霍师傅有点心虚地向丽瑜介绍："这是做珐琅的徐师傅的助手，她的手艺相当好的。最近我们修复的几座老钟，其中的珐琅部分都是找他们制造的。"

丽瑜认认真真地打量着佳卉，她能从佳卉的眼神里感觉到微妙的意味，但她仍然宽容地笑了，伸出手，说："谢谢你们，这些工作多亏你们了。"

佳卉的笑容显得有些勉强，她跟丽瑜轻轻地握手，不好意思地说："应该的。"

丽瑜邀请佳卉进屋坐，转头对霍师傅说："今天正好没带水果，不然可以请小姑娘吃。她一个人从老远的地方过来，还抱着这么多东西。"霍师傅正打算点头同意，可是佳卉突然变得不耐烦了，抢在她前面说："没关系，我顺便来看看霍师傅。"

霍师傅笑笑，说："我有什么好看的！你这样跑来跑去太累了，下次还是交给快递吧。"

佳卉没说什么，翻了个白眼，转身走了。

"一个小姑娘，待人特别热情，有点脾气。"佳卉走后，霍师傅心虚地向丽瑜解释。

丽瑜没说什么，点点头，笑着走了。

到了下午六点，所有人都离开了，霍师傅再进入内室，一个人进行装配调校。突然听到外面又是一阵喧哗。没几分钟，修复室的门推开了，苏师傅陪着一个人走了进来。

"给你看看我们的工作环境。"

来的人是苏师傅的太太，霍师傅忙恭恭敬敬地叫"师母"。关于他们家的事，霍师傅全都是知道的，知道他们现在重新领了证，他可以称她为"师母"了。

苏师母客气地与他寒暄。她看上去高高瘦瘦的，手脚麻利，眉心拧成一团，仿佛要操心的事很多。但是站在苏师傅身边，她的脸上带着淡淡的笑，仿佛不管他说什么，她都会点头说好。

苏师傅的表情有些尴尬。毕竟是离过婚的夫妻，虽然现在又重新领证了，而且大家都知道，但他还是告诉霍师傅，家里最近都安置好了，老太太的病也好了，他们夫妻俩打算在广州安家，这样夫妻俩相守在一起，才是真正地过日子。

霍师傅点头说好，并且告诉他们可以找丽瑜，她是本地姑娘，知道哪里有较好的房子。

苏师傅简单地询问了一下工作情况，说自己只是回来取点东西，这两天把家安顿好了，再销假回来上班。他向太太介绍他们的工作，挑了一只简单的石料花转亭钟，上了弦，等着亭子随着音乐声转动起来。不一会儿，秒针走到正点了，随着"叮、叮……"两声，人偶从亭子后面转出来，亭子上的石花也呼呼地转了起来。苏师母认真地盯着亭子里的人偶点头和转动，惊奇地大声赞叹，说："好有趣啊。"

苏师傅两口子离开之后，霍师傅有种怅然若失的感觉。可能是单身久了，他觉得孤独也是一种乐趣。可是看到苏师傅脸上开怀的笑容，他突然又觉得，如果两个人相互扶持着，哪怕是争吵过，离开过，但最终能相守一辈子，也是很美好的事情。他想起了丽瑜，又想起了佳卉。假如此生只能选择遇见一个人，会希望遇见谁呢？他觉得这并不是迟来早到的问题，即使是先认识的佳卉，他最后也会选择丽瑜的。

霍师傅正在为铜鎏金转花人偶钟做核心装配。将传动系、擒纵机构一一连接好，拧紧发条，只见钟座底部开始缓缓转动起来。钟座的乐箱内有以发条为动力的铜质棘滚，上面有按乐曲音律而排列的小钉。动力机芯通过发条运转，带动齿轮装置，带动开门，人偶成功地转出来。

太阳慢慢地偏西了。霍师傅发现秋末临近，太阳落得特别快，再没有那种一天到晚都是阳光灿烂的感觉。夜色一来，更感孤单，只好坐下来，静等着整点的那一刻。眼看着秒针越过时针和分针，天色也慢慢地黑了。眼前突然变得柔和，原来是月亮出来了。不知是不是因为快到中秋了，月亮显得又大又圆，好像半空中贴着一个铜盘。

霍师傅突然又觉得平静了，希望明天早一点到来。明天他又能见到丽瑜了，一定要跟她说说话，告诉她关于佳卉的故事。

"当、当、当……当、当、当……"那只紫檀木屏扇钟响了起来。

chapter 8 ————————————————

第 八 章

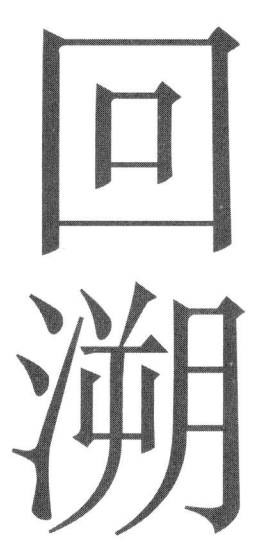

好在所有的问题,都会随着时间慢慢过去;所有不安的情绪,都会随着时间慢慢化解。

22

周炳南和周炳业一起住进了医院。

两个人都是骨折,一个伤了腰,一个伤了腿。护士登记名字的时候,仔细望了望他俩,说:"你们是兄弟吧,正好住一起,方便照应。"

两个人不约而同地哼了一声,却都不敢否认。

每天主要是德斌在医院里照顾。他不但照顾周炳业,还帮忙照看周炳南。他解释说是受了丽彤的委托,她每天早出晚归的,实在是忙不过来。周炳南虽然摆手拒绝,说自己不需要人照顾,然而有人帮把手,总还是好的。周炳业对儿子向来宠爱放任,冷哼了几声,并没有阻止。周炳业的太太阿清向来是个好脾气的,对周炳南十分客气,带来的饭菜也招呼着一起吃。

周炳基来探望的时候,不由得吓了一跳。他万万没想到两人会住到同一间病房。病房不大,他对着周炳业说话的时候,也是对着周炳南。兄弟俩简单地说了几句,就聊不下去了。周炳南用被子捂住头,假装睡觉,但睡了一会儿,又忍不住咳嗽。

丽瑜来的时候,给他们分别送了果篮,一只手提一个,拎着沉甸甸的。有位热心的护工给她帮忙,边走边笑,说:"兄弟俩同时住院,来探病的就得一式两份了。"这些话让周炳业、周炳南都感到尴尬。丽瑜先问候周炳南,说:"细叔,这是送你的,希望你快点好起来。"周炳基狠狠地瞪了她一眼,因为都挤在病房里,也没有再说什么。

周炳南对丽瑜的探望表示感谢。丽彤跟丽瑜向来感情好,他也就一直对丽瑜态度温和。周炳基对丽彤也是态度温和的,他略微点头,算是打了招呼。丽瑜向来性格文静,这么些年来,能跟她说得上话,遇到事情能商量的,也就只有这个堂妹了。

丽彤看到德斌，也是有说有笑的。自从德斌开了网店，她就一直给德斌供货。周炳业本来对丽彤没有好脸色，听说她在帮助德斌做生意，立刻态度就缓和了许多。周世豪也来了，作为本家兄弟，他向来与周炳南有来往，但是跟周炳业也有来往。以前相互走动，却装作不知，这次碰到一起，才发现其实关系如此密切。他安慰周炳业，同时也跟周炳南聊天。

周炳业当着周世豪的面，说话十分克制、礼貌，有点沮丧地说："本来是没什么的，进来的时候例行检查，结果医生说发现肺部有阴影，让我再详细检查一下。"

大家都安慰他，说正式结果还没出来，不用太担心。周炳业点头说是，在大家的劝说下，他同意借这次机会，下决心戒烟。

欧阳森也来探望，带着自己的太太和孩子。他的太太不清楚其中的来龙去脉，不停地说两位舅舅一起住医院，实在是太不巧了，周炳南顿时尴尬得不知怎么回答。欧阳森跟德斌亲热地打招呼，他们俩一直以来相处得都不错，不仅是表兄弟，而且巷头巷尾的，从小在同一个学校读书。

周炳南急着想出院。丽彤忙着打理店铺，实在走不开，家里全靠群姐照顾着。卢淑芬自从第二次中风后，连推轮椅都困难了。最大的问题是已经预约了搬家公司，定好日子要搬的。然而越是心急，越是好不了。他从早到晚不停地问医生。医生表示要根据检查结果才能决定，不能轻易出院。

丽彤总是很晚才来探望。她最近忙得有点焦头烂额。有个顾客在她的店里买东西后，投诉店里卖的是假货。她不得不接二连三地迎接检查，有工商的、消协的，每天疲于应付，解释得多了，实在掩饰不住火气。这天晚上她来的时候，声音嘶哑，说是与人吵架了。

"明天总部也要来人，他们还是怀疑，怕我们卖假货，所以查得特别严。现在每天的货品出入都要给他们看流水。"

周炳业也在一边，用被子捂着脸，看着像睡着了，但周炳南知道他是听着的。

"做生意嘛，总是有这样那样问题的了，一定要沉住气。"周炳南鼓励她一定要沉稳，越是艰难的时候越不要着急。

"那倒没什么，我总会找到办法。实在不行，就把店关了。"丽彤说得干脆利落。

"那怎么行？"周炳南吓了一跳，说，"千万不要这么想。"他本来想说"以前你奶奶做生意的时候，十分有韧性，从来不说放弃的"，想到周炳业在一旁，大概不喜欢听到提起自己母亲，便忍着没有说下去。

丽彤每天的探望总是匆匆忙忙的。周炳南嘱咐她回家多陪陪母亲，不能光指望群姐。丽彤点头说"好"。周炳业在一旁低下了头，感觉有些惭愧，大概是想到出了这样的事，最受罪的就是卢淑芬了。

过了探视时间，病房里就变得很安静，除了偶尔听到有些病人哼哼唧唧。周炳南望着坐在同一个房间里的周炳业，觉得时间突然变得漫长了。

大概是上了年纪睡眠就变浅了，又是睡在医院的床上，到了晚上，周炳业、周炳南两个人都睡不着，翻来覆去，都发出窸窸窣窣的声音。

周炳南努力了许久，还是睡不着，但是也不能频繁翻身，翻个身就会看到对面的周炳业。他坐起来，不一会儿，就看到周炳业也坐起来发呆。他怕对坐着尴尬，又赶紧躺下。这样熬了几天，两个人都急着出院。每次医生来查房，两个人都明确哀求着。

"快了快了，"医生说，"明天再做一次检查，没问题你们就可以一起出院了。"

"我们不是一起的。"周炳业小声嘟囔着。

这天晚上，探视区已经关闭了，周炳南还坐在门口，想等丽彤来，但是很晚都没等到。直到要睡觉了，周炳业的太太阿清突然又来了。她本来一整天都在这里，刚回去又赶来，一定是出了什么难以解决的事情。

"德斌今天出去爬山，到现在还没回来。"她脸色苍白地说。

周炳南吓了一跳，说："现在快入冬了，晚上山上很冷的。"他赶紧回病房告诉周炳业。

"怎么不早说？都这个点了，肯定出事了。"周炳业着急地说。

"他下午打电话回来，说迷了路，又摔断了腿，电话快没电了。刚才我打回去，他的手机接不通，大概是已经没电了。"阿清慌里慌张地解释。

周炳南一听十分着急，说："听说山里手机信号不好，他联系不上，那就是被困在山里了。"

阿清急得眼泪都要掉下来了。她说已经去过了派出所，但是派出所说要失踪二十四小时才能报案。"他一个人在山里，黑灯瞎火的，又受了伤，不知道能不能熬到明天。"

周炳业一听也急坏了，披上衣服立刻就要走。周炳南提议多叫些人去，自己人先进山寻找，天亮了就可以报案。

"你等等，我跟你一起去。"周炳南指向楼梯间，示意那里可偷摸出去。

三个人轻手轻脚地顺着楼梯一直走。所幸值班护士正在忙别的，没有发现他们，有个老护工坐在门口的椅子上，呼噜噜打着盹。

由于通知了丽彤，他们偷跑到医院门口时，丽彤的车已经在等待了，霍晓光也开了车来。几个人一起坐上了车，又给欧阳森打电话。半夜沿途车少，霍晓光把车开得风驰电掣的。周炳南又给彦文打电话，半夜里电话的声音格外刺耳。彦文立刻答应赶来帮忙。周炳南欲言又止，皱起了眉。丽彤看出了他的担心，说人多力量大，大家都带了手机，能互相照应的。

回溯 | 171

根据德斌的通话记录，他们确定了大体位置。德斌向来喜欢爬山，附近市县的野山他都去过，也留下过照片。但是晚上的情况与白天不同，很难看到清晰的参照物了。他们一行人进了山，立刻显得人单力薄。几个年轻人打开手机，想开导航，却发现山里已经没有信号了。

为了争取时间，大家商量后决定分开走。周炳南是跟着丽彤的，没走几步就落到了后面。他忍不住打了个哆嗦——走得急，忘了带外套，一进山就觉得冷了。但他摇手示意大家先走，找到德斌再说。

山里白天是景色秀美的，一到晚上就一片黑漆漆。他们虽然带着手电筒，然而只能照射着脚下的路。霍晓光也不知从哪得来的经验，带了一只哨子。哨子声穿透密林，反复地在山谷里回响。丽彤扶着周炳南，走得深一脚浅一脚的。她安慰说只要确定了方位就不怕，他听到了哨子声，就能呼救。

夜里在山上走，很容易迷失。山路弯弯绕绕的，又随时被密林改变方向。周炳南突然生起了一个想法，这是给夫妻俩和好的机会。他故意走得慢了，一个人落到了后面。他提议让他们俩先走，自己会跟上的，一晃神，两个年轻人已经走得看不见了。

他反而觉得心里淡定了，自己一个人慢慢走。可是越走越不见人影了，这回是真的走散了。他没有办法，只好硬着头皮往前走。眼前模糊一片，只依稀听见哨子的声音。

慢慢地人影也见不到了，山路上只有无数高大笔直的杉木。他低头看路，可是连路也模糊了。他慢慢地觉得头脑昏沉，大概是夜深了，睡意上来了。

不知走了多久，雾起来了。山里温度偏低，有雾是很正常的。雾气平地而起，迅速蔓延，在树林里窜来窜去。周炳南感觉那雾像个山羊跑山似的，迅速地袭来，眼前全是白。

再也没有一个人影了,连声音都听不到了。周炳南意识到自己走散了。他打了几次电话,然而都打不通。耳边连哨子声都听不到了,只能硬着头皮往前走。可是眼前越来越迷蒙,脚下的路也看不清了。他只能凭着感觉一直走,仿佛跟随着雾气的方向,走到未知的仙境里。

雾气不但遮掩了视线,而且使空气变得浑浊,有一种无法形容的窒息感。山里全是高大的杉木,本来是枝叶分明的,在雾色里好像无数的小鬼,叽叽喳喳地伸出诡异的手。

他踉跄地走着,眼前突然恍惚地闪过许多画面。他莫名地想到了父亲,自己也觉得诧异,怎么会在这个时候想起?他拼命压抑着这种念头,但还是不由自主地想着。他好像生出了强烈的预感,觉得此刻离父亲非常亲近。

大概人在意识淡薄的时候,就会想起平时刻意忽略的事情吧。

周炳南在这一刻意识到自己年纪大了,年纪大了最重要的标志是控制不了自己的身体。他已经觉得头重脚轻,脚步明明是踩在山路上,却像是踩在棉花上。他硬撑着,实在是走不动了,心里着急,想以前也没见这么虚弱,大概是最近在医院针打多了。

他倚在树边休息了好一会儿,不管怎样使劲,还是动不了。他捂着胸口,感觉心脏也不受控制地跳得厉害。他靠着一棵树,慢慢地坐下来休息。渐渐地,他觉得全身发冷,全身的血液仿佛停止流动了,四肢逐渐僵硬,接着腿也无法动弹了。他静坐了好一会儿,感觉心跳渐平,可是身体又软瘫了,一点力气也使不上来了。

他轻抚着胸口,喘着气,慢慢地闭上了眼睛。

人老了,就会有控制不了身体的一天。就在那一天,你觉得死亡可能会来临。他想起太太卢淑芬说过的话,现在,他终于能体会那种感觉了。一种大限将至的归属感缓缓袭来,把他拖入一个重新安定的境地。一个人意识到自己将要离开了,就会不想惊动别人,希望能无声无息地从这个世界消失。

然而,现在还没到要走的时候,他突然全身一激灵。家里正在准备搬迁,丽彤的生意还没走上正轨,还要面对离婚的问题,卢淑芬已经半身不遂了,需要人照顾,自己就这么走了,她们怎么办?谁来照顾那一老一小?他这么想着,振奋了精神,拼命用手拍打自己的脑袋——又拍着胸脯、腿脚,希望能让身体暖和起来。

实在没有力气了,他重新找了一棵树靠着休息,瘫倒在地。他仍然觉得冷,手脚正在失去知觉。随它去吧,凡事都会过去的,死亡并不可怕,所有人都迟早要离去的。这么想着,反而放松了,他大口大口地呼着气,让胸口舒服些。在意识逐渐消失的时候,他依稀看到了父亲的脸——一张模糊又清晰的脸,忽远又忽近,似乎在说话,又似乎什么也没说。他半闭着眼睛,心想,半辈子都没见过你了,你来接我了吗?

很多往事浮上心头,仿佛放电影般在脑海里闪过。他不由得说了声:"我是不是欠你一句'对不起'?"他看到父亲的面孔变得柔和,并不像要骂人,仿佛在说:"我一直在等你。"父亲缓缓地伸出一只手,在雾气里召唤着。这时候,他突然产生了无数想跟父亲说话的念头。他真高兴有机会,能跟父亲说一句"对不起"。当年他不懂事,还不知道为人父母的艰难。后来他也成了一个父亲,在这复杂的人世生活了六十多年,他遇到了许多困难,也明白了当年的父亲,有许多说不出口的无奈和艰辛。

不知过了多久,突然听到有人喊他的名字。他这才发觉回到现实中了,睁开眼,发现原来是周炳业。

"叫你好久了,一直没反应,再不醒来,就要叫救护车了。"周炳业着急地拼命摇晃着他，用手臂给他传递温暖。

周炳南抬起头，看到了一张熟悉的脸。他突然意识到，原来周炳业跟父亲长得很像——他们本来就是父子，当然是相像的。他想起他小的时候，街坊邻居也说他跟父亲长得像。那么，也许他们兄弟俩也有几分相像吧。他第一次意识到，周炳业真的是他亲兄弟，是有着相同基因的亲兄弟。他突然就觉得，过往的恩怨已经烟消云散，很多不愉快都可以淡忘了。

天亮的时候，山谷里的视野渐渐清晰了。丽彤和霍晓光找到了他，一起搀扶着，给他抹了药油。周炳南总算恢复了知觉，颤颤巍巍地走着，庆幸危险已经过去。德斌也找到了，只是跌伤了脚，没有其他大的损伤。大家顺利会合后，一起把伤员抬下了山。

回到市区时，天已经大亮。小巷里人声鼎沸，早餐档都摆出来了。档口有勤快的老板娘，一边摊肠粉，一边招呼着老顾客。汤锅咕噜咕噜地沸腾着，香气慢慢地溢出来，像天使一样在巷子里飘荡。丽彤问周炳南："要不要来碗热粥，喝点热的缓缓？"

早餐档的炉子烧得旺旺的。老板娘正忙活着，把下粥的佐料整齐摆开，青菜都摘根、洗净了，片好的猪肉、鱼肉泛着晶莹的油光。米汤被安稳地送进蒸粉机里，与肉馅一起凝固成拉肠。一排砂锅在炉子上咕噜，散发着粥的阵阵香气。

大锅里白米粥像波浪一样翻滚。一只长勺子舀了粥，迅速放到小煲里，下生菜、鱼片，小砂煲里翻滚出波浪，菜叶像是从浪里开出的青色的花。粥是滚烫的，姜葱也十分新鲜，蒸腾的热气里能闻到鱼肉的香。吃一口热的，周炳南这才觉得身体里的那腔气活过来了。

周炳业已经先回医院了，说是要查房了，不能两个人都不在，有一个人在，还可以给另一个打掩护。

周炳南缓慢地喝着粥。热气下肚,他感觉心里、胃里都有了慰藉,有说不出的妥帖感。肠粉润滑,让他觉得一切的坎坷都会过去。他搅动着粥水,想人生怎么会有这么多要求?不仅对自己有要求,对别人还会有要求。其实只要健康地活着,有太阳晒着,有一碗热粥在眼前,在温暖着抚慰着,就足够了。

"对了,阿爸,街道发通知了,说最迟下个礼拜一定要搬走,他们准备拆了。"

周炳南握着筷子的手抖了一下,低下头,说:"知道了。"

23

一九七七年，是一个相当艰难的年份。

方翠有一天来找邓佩华，说希望她能借点钱给炳业治病。

炳业在工地跌伤了腿，一开始只是轻伤，家里为了省钱，没有送他去医院治疗，自行去药店买了中草药来敷。结果没想到，伤口不但没好，还迅速恶化了，肿得像馒头一样，流着脓。炳业躺在床上哼哼唧唧，他说觉得自己的腿保不住了。

"不是实在没办法，也不会来找你。就当看在深哥的分上，还他一点恩情。"方翠这次不吵不闹，显得格外冷静。

邓佩华略顿了顿，没有说话。

那年头，不仅缺衣少药，而且各种灾难不断。邓佩华明白她的难处，没有作声，但点点头，立刻就回家取了一些钱，给方翠送去。

炳业躺在床上，痛得翻天覆地、哼哼唧唧的。炳基在郊区锅炉厂上班，周末才会回家。方翠每天坚持守着杂货铺，忙里忙外的，兼顾不过来。她请邓佩华进门，殷勤地倒茶。她本来一直是愁眉苦脸的，还是勉强挤出了一丝笑意。

邓佩华是第一次进"红房子"，她环顾四周，觉得家里的卫生情况十分不好，立刻叫炳南过来，让他搭把手送炳业去医院。

有个扎双辫的姑娘，一直在床边坐着，深深地低着头，不时替炳业擦碘酒。方翠含着泪介绍，说："这是阿清，炳业的未婚妻。"阿清红着脸，一言不发。他们本来是要结婚的了，现在炳业发生了意外，家里人阻拦了下来。

"先送去，钱不够，可以借。"邓佩华平静地说。

到了医院，医生看着直跳脚，说这种情况，怎么能自己治，本来不是大事，就是因为耽误了治疗，伤口都溃烂了。医生说要立刻做手术，让家属把费用交了。邓佩华忙想办法凑钱。她小跑回家，取了存折，立即赶去银行。担心不够，又找街头巷尾的邻居借了些。她因为做了多年的老师，在街坊里很有人缘，大家都愿意给她送人情。方翠也把手上的钱都掏出来了。她向来只顾着做生意，不做人情的，能借到的就很有限。

邓佩华挨家挨户地拍门，立刻就借到了不少。五元十元的，一起凑齐了，送到医院去。当天晚上就做手术，大家一起坐在手术室外面等。那天晚上，是她们俩在几十年里，第一次单独相对。两人没有吵架，虽然也说不出更多的话。两个人并排坐在一张长条椅上，各坐一端，能清晰地感受到对方的存在。方翠半夜醒来，发现自己不知什么时候靠在了邓佩华肩头，身上还盖着人家的衣服。

走廊里不时有病床推过，病人的哀号声掩盖了她们的尴尬。邓佩华望着眼前的方翠，突然发现方翠也有白头发了。她忍不住叹了一口气。时间过得很快啊，转眼之间大家都成了老人了。她想不明白这些年是怎么过来的，是怀着怎样一种放不下的仇恨，打算带到棺材里。方翠吸吸鼻子，把衣服还给她，说："谢谢您了！"

炳业出院后，一直在家里静养。炳基周末从郊区回来，看到炳南这一家人，顿时呆住了，完全反应不过来。但他很快听明白了是怎么回事，不多说话，有事就一起帮忙。

那年也是个多事的年份，远梅因为流产，不得不停工回家休养。婆家怕她想不开，劝她先回娘家。她因为这件事，差点要跟丈夫离婚。后来被邓佩华劝下来了，但她心里还是觉得委屈，一天到晚愁眉苦脸的。

好在所有的问题，都会随着时间慢慢过去；所有不安的情绪，都会随着时间慢慢化解。炳业动了手术之后,腿脚保住了,眼看着一天天好起来。远梅也恢复过来了,脸上渐渐有了笑容。

冬天的时候,方翠提议一起晒腊肉,邓佩华说"好"。远梅不忿,说:"什么一起晒,明明是你买的腊肉。"

邓佩华说:"我出钱,她出力气,也是一样的。"

方翠时常耷拉着头,嘴角下垂,哀叹自己过得苦。大的结了婚,小的也要结婚,凑在一个屋里,时常有口角。她做了婆婆,发现家庭和睦实在是一件大学问。这个时候,她非常羡慕邓佩华,因为远梅、远兰的家庭看起来都很和气,逢年过节回家探望,炳南也准备谈对象,打算结婚了。

"你可以把房子隔开,分成两间,虽然小了点,但总算各有各的空间。"邓佩华建议说。方翠立刻点头说好。她请邓佩华找了泥水工帮忙,没几日就开工。

那年除夕,她们是一起过的。几个孩子挤了一桌子吃饭。虽然是粗茶淡饭,但两人各做了各自擅长的菜,看着十分丰富。还有一齐晒的腊肠,厚实地盘成一团,散发着浓郁的酱香。炳基夫妻俩刚结婚没多久,按传统是要在婆家过年的,这边远梅夫妻、远兰夫妻,一家人挤了一大屋子。

两位老母亲也不再向孩子们解释,只说是凑在一起人多热闹。吃过饭后,欧阳森、陈彦文两个小豆丁在巷口疯跑、放烟花,年轻人坐在院子里包粽子。邓佩华很不好意思地说:"本来不打算做的,临时想想,还是得做人情。"

巷子里来来往往的人很多。有认识的从他们家门口经过,忍不住要进来看一下。他们不明白平时势同水火的两家人,怎么突然之间关系变好了。邓佩华也不解释,只招呼大家都进来坐,吃茶。

到了快午夜的时候,他们还不肯睡,反而越聊越兴奋,说要熬到跨年放鞭炮。方翠提议说现在正好蒸萝卜糕，邓佩华也说"好"。两个人立刻就一起和面，指挥着远兰、远梅切萝卜丝，让阿蓉、阿清去准备盘子。炳南生火，炳基和炳业去磨花生碎，一家人忙得不亦乐乎。本来坐着的时候挤，大家都有些不自在。后来，萝卜糕的香气吸引得街坊邻居都过来了，里里外外挤满了人。

邓佩华亲热地招呼一个叫简小红的姑娘吃糕。这个姑娘跟炳南差不多年纪，也是从小在一个学校里读书的，许多年来关系都好，大家都误以为他们是一对儿。还有一个叫陈伟强的后生，一直是个热心肠，街坊谁家里有事，总免不了叫他搭把手。他正当年轻，一身的力气，干活从来不计较的。

吃完了萝卜糕，几个姑娘忙着收拾，他们后生仔坐在门口抽烟。突然门口传来一阵喧哗，远梅好奇地跑出去打听，回来欢喜地报告，说："有几个姑娘经过，他们说其中一个是炳南的对象。"

邓佩华听了眼睛发光，这是她最操心的一件事了。她高兴得语无伦次，说："有对象就好，有对象就好。"方翠忍不住说："你不出去看看？"邓佩华笑，说："不用看，他喜欢就好。"

炳基、炳业都跑出去看，欧阳森跑在最前面。他很快又跑了回来，对邓佩华说："外婆，舅舅的女朋友很漂亮，好像电视里的那个谁。"大家都笑了起来，追问他到底"像谁"。小孩子想了半天，想不起来，憋红了脸，又惹得大家欢笑一通。过了一会儿，炳南回来了，他红着脸，低声说："约了卢淑芬年初五到家里吃饭。"大家又是一阵哄笑。

这个春节是许多年来过得最热闹的一次。

邓佩华跟方翠毕竟是巷头巷尾住着的，不时会见面。有段时间特别苦，天天吃红薯当饭。偶尔有一顿白米饭，浇点酱油，就有了说不出的美味。

好在这样的日子没过多久,政策松泛了些,对于个体生意开始睁一只眼闭一只眼。邓佩华看到高第街附近已经全部开着档口,她觉得是时候了,也想办法在附近的夜市上租了个档口卖成衣。她本来只想尝试一下,赚点补贴,没想到生意十分火爆,她一个人忙不过来,赶紧叫孩子们来帮忙。几个孩子一下班,就去看档口,很快就有收入了。随着生意越做越大,进的货也更多了。

有天晚上,车子到了巷口,司机从车头跳出来,大声叫着"快卸货"。

偏偏这天大家都有事,远梅一家没来,远兰又加班去了。炳南仗着自己年轻力壮,一趟趟地硬搬,累得眼睛进血。他掂量着要结婚了,得赶紧存点钱。但是麻袋实在太沉了,搬了几趟他已经无法继续。

陈伟强无奈地坐在巷口,他因为踢球跌断了腿,什么忙也帮不上,只能跟炳南开玩笑,说着街面上流行的话:"鬼叫你穷吖,顶硬上啦。"

炳南一个人搬了几趟,累得脸色涨红,转而又变铁青。陈伟强看他脸色不对,忙大声劝他不要再搬了。

炳基从巷尾走过来,没有多说话,默默地弯下腰,帮忙着背麻袋。不一会儿,炳业也来了。

有了第一次,就有第二次。以后货车到了的时候,听到喇叭响,不用招呼,炳基和炳业就跑出来帮忙了。

有天晚上,已经是后半夜,几个年轻人搬完了最后一批,瘫得动不了,就在屋门口坐着,摇着大葵扇乘凉。院子里坐满了人,显得十分热闹。夜晚过半,月亮端正地照在水池里。炳基坐在水池边歇凉,不时观察着水池里的鱼,说:"好有趣,鱼不睡觉呢。"

远兰在小厨房里忙碌,给他们煮番薯糖水。几个年轻人一边喝糖水,一边计算着当晚的收入，讨论哪款衣服比较好卖，要不要重新进一批。炳基站在巷口，迎着风大口大口地喝着茶水。炳业给炳南递烟，炳南递给他一把扇子，说："还是忙完了舒服。"

这是两家人关系较好的一段时期，这样的日子持续了不久。后来大家都成家立业了，有了各自的生活，慢慢地又断了来往。最主要的还是炳业想清查周怀深的遗产，使得两家再次争吵。但是那段时日的生意，让炳南的经济有了很大的改善，花钱把家里修整了一番。这份生意做了两年多，后来经济环境越来越宽松，市面上各种小店多了，竞争激烈了，他们只好把档口收了。

邓佩华年老以后，脾气十分和蔼。她跟方翠仍很少见面，但是有时街头巷尾遇到，还是会点头打个招呼。她们对彼此都没有称呼，只是"喂"。但是年节的时候，邓佩华会送些菜过去。有她教过的学生送来水果，她会分一半送过去。她还劝方翠做个好婆婆，对儿媳妇好一点，这样家庭才不会起纷争，将来她老了，儿媳妇会孝敬她的。

"妈，你别管他们家的事了，他们也不会感激你的，何必自找不痛快？"炳南有时候很不安。

"还有什么不痛快的，"她淡淡一笑，说，"你阿爸已经不在了。"

神台上放着周怀深的小相，她偶尔会擦擦，上炷香。有时候，她会对着照片，自己一个人喃喃地说话。炳南每每撞到，总是竖着耳朵听，因为母亲平时很少说话。她本来就不是话多的人，经历了几十年的风风雨雨，就更沉默了。

好几次炳南从她身边经过，都听见她在说："你以前很会做生意的，怎么没有遗传给孩子们啊？"

她临终那几年，有些老年痴呆，经常望着桌子上的周怀深的照片，若有所思。有段时间她病得很重，经常不记得自己是谁，也不记得家在哪里，常常没来由地在街巷里乱窜。孩子们来找，她也认不得了，反而拉着别人的手，拼命地跑，说："快跑，快跑啊，飞机轰炸啦！"

炳南没有办法，只好把她反锁在家里，预先备好吃的。她一个人在屋子里转悠，洗洗擦擦，把物件搬出来又放回去。有时想起来要做火柴盒子，问糨糊哪去了。有时又想起要给人誊抄文章，到处找毛笔。

有一天炳南要上班的时候，她突然拦着他，眼泪汪汪的，把手绢塞到他手里，说："一定要回来啊，怀深！"

炳南怕她难过，不敢呵斥她，只好说一句"好的"。她满意地目送着他的背影，挥挥手。

也有一段时间她异常清醒，忙着嘱咐姐弟们，说："上一代的仇恨，不要延续到下一代身上。"但是毕竟是算不清的恩怨，孩子们长大了，不会再互相仇视了，也始终没有走得太近。

她去世之前的那几年，特别喜欢盯着那个钟看，不停地起开后盖、拨动弦条。她胡乱地拨着指针，指到整点的方向，这样人偶就会不停地跑出来，随着音乐扭动。她紧紧地盯着人偶，听着叮叮当当的音乐声，有时还把胳膊枕在头上，微微笑着，仿佛想起了什么。有一次，她忽然说："你不要老拆那些钟了，坏了就坏了吧，慢一点有什么关系。"家里人都很奇怪，不知道她在说什么。这个家里似乎从来没有一个修钟表的。炳南很难过，觉得母亲的记忆完全坏掉了，成了另外一个人。好在又过了一段时间，她没有再提任何"钟表"的字眼，只是有时会拼命歪着头，说："他叫什么名字呀，我想不起来了。"炳南随口回答："周怀深！"她摇摇头，说："不对，他姓张！"

她安静地坐在那个自鸣钟前面，拧紧发条，然后侧着头，托着腮，微笑地看着人偶转出来。

24

"当、当、当……当、当、当……"展柜上的自鸣钟敲响了。

上午十点钟,博物馆还没开门,讲解员已经带着游客在门口等候了。

不知不觉,又迎来了新的一天。按照传统农历的说法,现在已经是冬天了。这几天天气开始变冷,马路边的行道树由墨绿变成了浅绿。院子里因为栽的树多,一天到晚"沙沙"地响着,风卷着几片枯叶,不时从天空飘落。

丽瑜给游客们做讲解。为了迎接这次钟表大展,所里特意装修了一间展室,安装了新的射灯,调校了展室的温度和湿度。现在,在新环境的映衬下,所有的古董钟表更显得富丽堂皇了。

"公元一六〇一年,意大利传教士利玛窦给明万历皇帝带来了两台自鸣钟,这是近代中国第一次接触现代钟表。到了清康熙时期,随着中西文化的交流,清朝的帝王、后妃以及皇亲国戚们,已经十分喜爱这些新颖先进的西洋钟表。公元一六八〇年,清宫在内务府下属的造办处专门设立了负责钟表制造、修复和保管的机构,名叫做钟处。"

霍师傅站在一旁,安静地陪同。

这些钟表已经经过了无数次调试,以确保其走时、打点功能正常。霍师傅心里有些紧张,在这么多钟表中,只要稍微出现一个不和谐的音,他就得找出这个音出现的原因。

丽瑜穿着新的讲解员制服,站在新装的射灯底下,显得特别漂亮。都说秋天是萧瑟的季节,但是广州的秋天较为凉爽,落叶不多,各种花儿也照样开,因此并不觉得萧条。反而是天气慢慢凉下来了,满院子的菊花开放,与古色古香的院墙相映衬,有一种肃杀而安静的美。

"广州在清康乾时期是国内与西方交流最大的也是唯一的贸易中心。由于西方钟表的大量涌入，本地官员极力迎合当朝皇帝的喜好，广州的钟表行业得以迅速发展。经过长年的努力与钻研，广州本地制造的钟表，也即我们现在所称的广钟，不仅赶上了国外的先进水平，而且融入了自身的特色，创造出了许多中西合璧的艺术佳品。"

丽瑜边走边介绍，游客们仔细地看着，不时提出一些问题。

经过协调，小冼留在了钟表组，而曹师傅被安排去了新成立的销售部门。这个结局无疑是皆大欢喜的。霍师傅特地去荆所长办公室，向她表示了感谢。

荆所长笑，说："不用客气，有些事情就是要说出来的。"

午饭后，丽瑜来到钟表组，问他们有没有兴趣出去走走。天气渐冷了，只有午间一两点的时候阳光猛烈，温度较高，适合户外散步。

"小冼，休息一下，出去晒晒太阳，回来再做吧。"霍师傅招呼说。

小冼说"好"。他放下手里的工具，把原本使用着的盘条器放回内室。他现在对于手头的工作已经得心应手，霍师傅也答应要教给他更难的技艺。

冬天的太阳暖洋洋的。丽瑜用手遮着额，抬头看院墙，说："那只猫不见了。"霍师傅笑，说："哪能天天见面呢？"但立刻"喵喵"两声，学着猫叫，希望把猫引出来。

小冼抬头看天，说以前没有注意到所里的砖墙这么漂亮。丽瑜解释说这是真正的古迹，整个研究所都是围绕这段古城墙建起来的。"你真是适合做这一行的，一眼就看到了最值钱的宝贝。"她不由得赞叹，小冼不好意思地笑了。

三个人一边走着，一边闲聊。好久没有这么闲暇的午休时光了。最近为了赶上钟表大展，一直加班加点，直到所有参展的钟表都调校完毕。

丽瑜默默地走着，突然抬起头，轻轻地说："我听丽彤说，他们上个星期已经去民政局办手续了。"但她立刻又转换了表情，露出淡淡的笑容。

霍师傅也笑了，说："随他们的吧，感情的事，勉强不来。"说完他抬头，看到院墙上竟然真的出现了一只猫，它"嗖"地跑过，立刻又消失不见了，仿佛在不同的时空里穿梭自如。

只有小冼听得一头雾水，不知道他们在说什么。

霍师傅正打算说话，突然看到佳卉跟一个男孩并排走了过来。他忙低下头，神色有些慌乱。丽瑜立刻注意到了，说："这是来送珐琅件的姑娘？"

佳卉远远地招手，大声说："我送珐琅件来了！"

几个人只好一齐往回走。丽瑜冲佳卉友好地笑，她向来对这个女孩特别留意，也许是出于女人的直觉吧。霍师傅的脸色有些不自然，他虽然问心无愧，但总觉得这件事瞒了丽瑜。好在佳卉把物料递给小冼后，很自然地挽住了那个男孩的手，两个人兴高采烈的。

"这是我朋友，帮忙一起把物料送过来。"她大大方方地解释。

霍师傅偷偷地打量了几眼，那个男孩子看起来经济条件不错，穿一身名牌的休闲服，鞋子也很好。仔细看的话，会发现两个人眉目相仿，神情非常相衬。

他长长地舒了一口气。当初面对着她的表白，他也曾经考虑过，但也只是想一想，偶尔有个混乱的念头。现在看来，自己的决定是对的。佳卉和这个男孩子看上去很般配。

下午三点钟，霍师傅指挥搬运人员把钟表搬到展览室，小冼继续做修复。虽然所里现存的钟表都修得差不多了，但还是有一两座小钟在修复。其中有一只白瓷镶金边葫芦钟，外表并不复杂，构造也简单，但就是走时不准，怎么都有点误差，又找不到原因。小冼拆了几次板，又重新组装了几次，还是找不到原因，都要被逼疯了。他本来是雄心勃勃，打算自己独立完成整座钟的修复的，结果还是遭遇了挫败，不得不请霍师傅帮忙。

到了下午六点，大部分的古董钟都搬到展厅去了。霍师傅回到修复室里，听不到准点的钟声，感到十分惆怅，仿佛失去了什么。他忍不住一遍遍地走到展厅去，仔细倾听打点数，不停地给各个古董钟调整报时。

在崭新的钟架上，整齐地陈列着一排古董自鸣钟，其中有自开花献桃荷茶钟，还有铜鎏金亭式献宝人打钟。转花、转人是自鸣钟常见的功能，此外还有水法、布景箱。有一座铜鎏金鸟音魔术人钟，转花圆盘上的魔术人会随着打点，变出小鸟和花篮，十分神奇。这座魔术人钟总共有七套传动装置，修复起来十分复杂，光是各部分的配合就要进行无数次调校。如今，这座钟终于能成功展出了，霍师傅轻轻拨动时针、分针，望着魔术人偶咧着嘴跑出来弯腰、鞠躬，内心十分愉悦。

他带着丽瑜一件件仔细地看，告诉她每一件展品的独特之处。

丽瑜也看得十分仔细，因为她爷爷以前就是做外贸行生意的。父亲曾经说过，爷爷年轻的时候，家族生意十分鼎盛，拥有好几家商行，在百货店和酒楼都有股份。她那时年纪小，对那些如烟往事根本不感兴趣。现在，她开始试着去了解那些故事，久远的光阴，逝去的亲人，通过文字、影像，跨越时间的障碍，去触碰那些远去的人物和灵魂。

她给霍师傅看她的手机，里边有一张她爷爷的翻拍照："他的年纪比我奶奶大许多，我还没出生，他就已经去世了。"丽瑜说道。她出神地凝视着照片里的人物。家族中的血脉传承是根深蒂固的，即使没有见过，她也感觉到自己跟照片中的先辈有着千丝万缕的联系。但是这个存在于照片里的人，在时间无垠的连接中，是不是也跟这些钟表有过联系呢？

丽瑜由衷地感叹:"可能最近老待在钟表堆里,总觉得跟祖辈前人联系得特别紧密,总想抓住些什么。"

霍师傅点点头,回应道:"时间是我们存在的唯一证据,不需要刻意追求什么,我们所有的人都活在时间里。"

属于周炳南的铜鎏金转花人偶钟,正在进行最后的组装和调校。

霍师傅在组装夹板的时候,看到有一个标识,觉得很熟悉。机芯上的夹板有点凹凸,他此前就注意到了,以为是生产公司的标记,看上去像个心形,又像是什么暗语。他本来想问问周炳南的,后来又觉得算了。这样刻在钟表内部的记号,一般情况下是看不到的。周炳南从来都没有提起过,大概也是不知道吧。

连动装置也已经装好了,他绞紧了发条,给小冼演示,"当、当、当……"两个人偶从钟座两边转出来,金花也呼呼地转着。

小冼十分高兴,说:"这座钟修得太好了,这两个人偶也有意思,有一种隔世相逢的感觉。"

晚上下了班,吃过饭,霍师傅却不愿意回家。母亲来了,一整日地唠叨。她是上个星期来的,说是要阻止哥嫂俩离婚。可是他们并不理会,赶在她来的前一天把手续办了。

霍妈妈没有去住哥哥家,执意要住他的出租屋,她每天满屋子乱转,呼天抢地的,说千万不能离婚。霍师傅只好借口工作忙,不回去见她。

他一个人留在办公室里,摊开了铁架床,用坐垫充当枕头。很久没试过在办公室过夜了,他第一次觉得窗外是黑暗的,但黑暗中又透着宁静,仿佛打开窗就能看到满天星光。现在很少有这样的平房了,四方的窗,窗户上有铁栅格,将外面的世界划成一格一格的。窗外竟然有月亮。

一个人安静待着的时候,时间仿佛静止了,他抬头看了几次,不过是八点十五分、八点三十分。他的心思跑得很远，想起从前，也想到以后。从前的日子过得多快呀，他想起了第一次到广州，想起第一天进研究所，还想起了哥哥刚结婚的时候，带他到嫂子家吃饭——现在听说那幢楼房也要拆了。以后会是什么样呢？他有点后悔自己从来没跟丽瑜讨论过将来，什么时候去见家长，什么时候结婚。接下来怎么样，他从来没有细想。然而，两个人只要能在一起，用心在一起，就是好的。

他看到月光倾泻下来，反射在铜镀的钟面上。现在房间里只剩下这两座钟了。只有它们有机会沐浴着月光，安静地交谈。他想象如果它们之间有交流，会说出什么样的话。他仔细看了一眼，一座是清乾隆时期的，而另一座是近代的仿制品，时间上大概差了两百年。

假如钟表之间能交流，它们大概会有很有趣的谈话，毕竟是跨越了两百多年的时空。它们比人幸运，不受时间和地域的限制。而人类只能在一条时间轴上运动，只有在相同的时间、相同的空间才能遇上，早一点，晚一点，都有可能错过。

也许它们正在嘲笑我的幼稚吧，他突然天真地想。时间意味着记忆，也意味着经验、情感和智慧的累积。

他突然想起自己似乎在哪里见过那个标识。他的外公，就是做钟表的。家里放着一个旧的工具箱，里边就是修表工具。小时候，他常拿来玩，一整套的扁嘴钳，是童年时最喜欢的玩具。他用来套在所有可以套的地方，没事就拧两把。也许是从那个时候开始，注定了他将来要做一个钟表师傅。他打开了一个工具箱，那是外公留给他的。外公对他最终选择从事钟表业，十分支持，后来还把自己的宝贝箱子传给他。但外公也曾惆怅地说："做钟表这个行当，一辈子只能混个温饱，无法大富大贵。"

从事这个行当多年了，霍师傅回想起来，觉得自己没有任何的遗憾。

这辈子能亲手接触这么多神奇的古董钟表，是一件非常幸运的事。更何况，能够遇到苏师傅、小冼，最重要的是，只有在这里，才能遇到丽瑜，一个他希望能与之相守下半生的姑娘。

他在那个工具箱里翻检，看到了旧式的注油笔、已经坏了的手捻，还有外公曾经用过的放大镜。大概这个工具箱一直放置了许多年，从来没有翻检过。最后，他在工具箱的底层发现了四方形扁盒。打开扁盒，里边有外公曾经的工作证，还有一张卷边的黑白照片。

那是个穿立领旗袍的姑娘，模样十分秀丽。他一直觉得奇怪，在外公那个年代，拍照片的人大概不多。因为是黑白照片，又年代久远，人像看上去已经模糊了。他觉得有点遗憾，因为外公去世之前，他还小，没有耐心听外公说过去的事情。

外公年纪很老的时候，还是能做修复，有时对着一个旧钟，敲敲打打，一坐就是一整天。霍师傅又想起小时候，他喜欢缠着外公，看他坐在那里修表。外公一直在一家钟表店工作，也是县城里唯一一家专业的钟表店。记忆中他一直在那里，每天就是不停地修理钟表。

他翻开了外公的工作证，在那个证件上面，有一个简单的签名，一下子击中了他的心。这个标记的形状，跟周炳南古董钟上的印记是一样的！

霍师傅突然有些糊涂了，他不明白到底是怎么回事。难道外公曾经修过这个钟表，并特意留下自己的印记？但一般这种情况，只会贴店铺的印花，不会留下修表师傅的名字，更何况是刻上去的。他看到那个印记，像是一颗心，像是老电影里地下党工作时留下的标记似的。

他想不明白，索性就不想了。但是不知道为什么，一直磨蹭到半夜，还是睡不着。他发现自己仍然想着这件事。又翻了许多书，确定不是任何一家知名钟表公司的标识。他脑子里更加迷糊了，有一种恍如隔世的感觉。夜已经深了，院子里更加安静，甚至能听到微风吹过，树叶发出沙沙的声音。他站起来望向窗外，这是他第一次看到月亮，月光返照到房间，照在大大小小的铍片上，闪着银亮的光。

突然到整点了，石料花呼呼地转动，钟座下方"当、当、当……"响了起来。玻璃门打开了，一对小人顺着仪轨转出来。也许因为轨道还不够润滑，它们缓慢地前进着，在咔咔声中不断停顿。但随着音乐声的行进，它们终究是前进着。霍师傅安静地看着，无法抑制住内心的激动。经过无数的努力，终于让这两个人偶成功跨越了各种障碍，在时间的撮合下，欢乐地相遇了。

chapter 9

第 九 章

当秒针走到了整点的位置,先是"咔咔"两声,仿佛是剧幕的开场,接着音乐声"叮叮当当"响起,金花飞转,两个人偶分别从左右轨道转出,欢乐地在钟座中间相遇了。

25

周炳南犹豫着,掀开了古董钟的保护膜。

眼前是一座黄澄澄的铜鎏金转花人偶自鸣钟。钟的顶部是一朵红砂石的玫瑰花,花色艳丽。钟的中部是光洁漂亮的表盘,里边有崭新的三针,走起来"咔嚓咔嚓"地响。

霍师傅告诉他:"已经完全修复好了,它可以计时,而且很准。"

周炳南点点头,看到霍师傅在记录册上打了一个钩。

"这座铜鎏金转花人偶钟,是我们这里修复的第127座钟,编号20127,所有的步骤都记在修复日志里了。"霍师傅给他看修复日志,上面详细地记录了每一个拆卸的时间和修复的步骤。

周炳南看得十分佩服,说:"辛苦你了,还亲自给我送来。"

水开了,咕噜咕噜地响个不停。周炳南忙给霍师傅沏茶,向他解释:"刚搬过来,东西都没来得及收拾。"霍师傅顺着他说的看过去,果然墙角堆满了塑料袋。阳台上的花盆还没有种上。只有神台是干干净净的。新做的神台上,满满地摆着一排先人的遗像。霍师傅看到桌面放了许多照片,大都是黑白照片,看上去庄严肃穆。其中有张小相,立刻吸引了他的目光,照片里是个眉清目秀的姑娘,穿着旗袍,姿态端庄。

他略愣了一下,说:"以前的照片,虽然模糊,但看着人真好看。"

"这个是我母亲,也就是丽彤的奶奶。"周炳南正忙着找茶叶,新搬的家,有些东西一时不知道放哪里去了。人老了就是忘性大,很多以为能记得的事情都忘记了。

"哦,哦,真漂亮。"霍师傅对照片里的人不由得多看了两眼。他觉得这张照片很像在外公的工具箱里看到的那张,心里突然被撞击了,想到原来这个世界这么小,他们的祖辈原本就是认识的。后来又一想,怎么会有这种事?大概以前姑娘们拍出来的黑白小照,都是差不多样子的。

"这里好呀,宽敞明亮。"霍师傅说道。周家的老宅他去过几次,还是当年哥哥刚结婚的时候去的。当时感觉是典型的本地民宅,很有广式特色,但也显得狭窄逼仄、光线不足,一看就是年代久远的建筑。他喜欢现在这个新房子,宽敞明亮,适合老人家生活。

霍师傅看到新买的电视柜、茶台也是新的,餐桌也换了比较简洁的款式。周炳南仿佛看出了他的心思,说:"还是以前的老式家具好看,但是清洗太麻烦了。我这次就换了简单一些的,方便搞卫生。"

"简单的好,自己舒服最重要。"霍师傅附和着说。

阳台上传来叽叽喳喳的鸟鸣。这温暖的冬日天气,连小鸟都觉得欣喜呢。霍师傅顿时也觉得心情大好。他抬起头,看到阳光正照在神台上,烛台和锡纸反射着点点银光。

"我给您演示一遍吧,现在钟点是准的,音乐盒也能配合着打点了。"他一边说着,一边拧紧了发条。

"当、当、当……当、当、当……"一阵熟悉的声音响起,清脆得像玻璃碰撞似的。周炳南突然想起了曾经的一天,他与父亲单独相处过。父亲也是这样拧紧了发条,然后静等三秒钟,然后是一阵"当、当、当"的声音,钟座底部的玻璃门打开,音乐声响起,两个人偶跳出来,转动着手里的绸花。他们本来是各自转着圈,自顾自舞蹈的,然而终于是沿着轨道转出来,在中间相遇了。

"我小时候,就听过这个声音。"他说话的时候,不由得停顿了,依稀想起了许多往事。也许是以前刻意忽略的吧,现在真正地离开了,反而一桩桩一件件,不时像放电影似的在脑海里闪过。毕竟经历过的都是亲身经历的，自己的眼睛、耳朵已经忠实地做了记录。

水又开了，咕噜咕噜地响着，翻滚着泡沫。周炳南重新将热水注入装满茶叶的玻璃壶里，茶叶立刻上下浮沉起来。

"你哥前几天来过，"周炳南说，"他和丽彤的事，我们老人家不敢掺和，能复合更好吧，毕竟曾经是一家人。"他略顿了一下，说："如果不能，也不要勉强了，毕竟人活着，是要向前看的。"

霍师傅几乎要脱口而出，想坦白他跟丽瑜的关系，但他又忍住了，总觉得有一天，他们都会知道的。

他按照周炳南的指示，抱着座钟挪到一个檀木高几上。放好了，他调平了钟座，拧紧弦条，对周炳南说："这个钟要放在阴暗的角落，但也不能太潮湿。"

修复好的这座铜鎏金转花人偶钟，有着光滑闪亮的铜镀金外壳，表盘是旧式凸面的，里边的三针是最传统的款式。钟体顶端嵌着一朵精雕细刻的石料花，即使是在安静的时候，也看得出贵气十足。

"当、当、当……当、当、当……"又走到整点了，钟座内部发出"叮叮"两声，顶上的玫瑰花开始呼呼地转，底部的两扇玻璃门同时打开，两个小人偶从钟座两侧转了出来，手里的绸花也轻盈地转动着。

"叮、咚、叮……咚、叮……"熟悉的音乐声，让周炳南回忆起了过去的许多情绪。此时此刻，他突然很想跟别人说说他的母亲，说说他的父亲，告诉霍师傅这座钟背后带着许多回忆。但是又犹豫了，觉得那样长的年代、那么多复杂的故事，年轻人大概都不爱听了。而这些事情，无论说与不说，都会随时间安静地消逝的。

水又开了，翻滚出更大的浪花。他重新泡了一壶茶，只见茶叶梗在沸腾的水里使劲地上升、下沉，变幻出无数奇妙的图案。霍师傅把所有文件资料都装到一个盒子里,说:"拆下来的旧零件也放在里边了,大都没有用的,但还是要还给您。"

卧室里传来轻微的呼噜声,周炳南推门进去看了一眼。"你阿姨睡着了。"他略带歉意地解释,"她身体不好,每天都要睡很久,不然知道你来了,一定陪你聊会儿。"他是因为家里的缘故,因为父母的原因,一直特别重视家庭温暖,注意妻子的感受,一直努力着,维持着一个平和有爱的家。回顾这半生,他把所有的力气,都用来维系简单的三口之家了。如果说时间对于他来说还有什么特别的意义,那就是希望把太太留得久一点吧。

霍师傅点头表示理解,他打开钟座底部,指出弦条的位置:"这座钟只要到了整点,就自动打点报时。但有时单纯想听听报时声,也可以直接打开后盖,拧紧。"他给周炳南展示如何上弦条,解释左右两个弦条的区别。

周炳南点点头,郑重地说:"谢谢你了!"

冬天的阳光把客厅照得暖和和的,茶水微微冒着蒸汽,把茶台衬得仿佛仙气缭绕。霍师傅又重新拧紧了弦条,给周炳南再三展示。当秒针走到了整点的位置,先是"咔咔"两声,仿佛是剧幕的开场,接着音乐声"叮叮当当"响起,金花飞转,两个人偶分别从左右轨道转出,欢乐地在钟座中间相遇了。此时已近中午,阳光从窗台里亮刺刺地照进来,照亮了厅堂里所有的一切,连神台上的那排相片也骤然变得明亮起来。阳光照射在钟面上,照得光洁的钟面反射着一层金色的光。人偶不停地转动着手里的绸花,钟座顶部的石料花也同时飞快地转动着。

"当、当、当……当、当、当……"这古老座钟的声音久久地在他们之间回响。

后记：一场广钟技艺的时光之旅

创作这部小说的时候，我还在越秀区非遗保护中心工作。广钟制作技艺是区级非物质文化遗产保护项目。作为普查人员，我多次去广钟保护单位了解广钟的历史渊源、工艺特点和濒危情况。见着各式各样的广式自鸣钟，听着清脆的金属敲击声。"当、当、当……"它仿佛穿越了百年时光缓慢而至，让我恍然间觉得时空交错。

广钟是我国清代至民国时期由广州地区制造工匠所造自鸣钟的总称。明朝万历年间，自鸣钟随利玛窦等西方教士传入中国，是进献给皇帝的贵重礼物。康熙中期开海禁，作为海上"丝绸之路"发祥地和"一口通商"大港的广州，成为中西方贸易的中心。由外国进口的西洋钟大量在广州集散，受到宫廷、官员及富人的广泛喜爱。为了获取更大利润、避免长途海运损坏、方便及时改装和维修，本地官员从欧洲运来设备，派遣匠师，在广州开设自鸣钟工场。本土作坊随之出现，本地学徒和工匠成为第一代接触和掌握精密制钟技术的自鸣钟匠人，广钟由此兴起。钱泳《履园丛话》卷十二"艺能"中关于"铜匠"记载："自鸣钟表皆出于西洋，本朝康熙间始进中国，今士大夫家皆用之"，"近广州、江宁、苏州工匠亦能造"。由此可见广钟的兴盛和发展态势。广钟代表了当时国内钟表制造业的最高水准，也体现了岭南手工技艺色彩鲜艳、装饰精巧、富丽堂皇的特点。

非遗普查是一个不断收集信息、整理信息的过程，通过调查、走访，我掌握了大量的口述、影像资料，了解这项技艺的具体步骤，梳理出其分布地域、传承脉络、工艺衍变等各种情况。比如英国人斯当东在《英使谒见乾隆纪实》中说:"广州工人模仿的本领很高,他们能制造和修理钟表、摹仿西洋油画和水彩画。"独树一帜、自成一派的广钟风格与技艺逐渐成熟,在乾隆年间达到高峰。目前故宫博物院还收藏有许多精美的广钟,如料石花铜楼钟、铜镀金葫芦式跑人水法转花变对钟、铜镀金珐琅转花鹿驮钟,这些藏品印证了广钟曾经的辉煌历史,也为考证当时广钟的制作、流向和陈设地点提供了可贵的线索。

广钟兴起于康熙、雍正时期,盛于乾隆时期。乾隆中后期,经过长期的生产和技艺经验的累积,广钟的质量有了显著提升,广钟制作技艺逐渐进入一个辉煌的时期。之后,由于宫廷对自鸣钟的需求锐减,自鸣钟需求和制造由盛转衰。广钟除向宫中进贡,还有一些流向民间市场。我读了这些资料,决定创作一部关于广钟在民间的故事。

在工作过程中,我收集到了大量的历史资料,一些人物形象逐渐在脑海里成形。我一直在想,穿越历史的云烟,那些坐在广钟旁边的人,究竟是什么样的。在接触过几位手艺人后,我觉得,手艺对他们来说不仅是谋生工具,更是一种情怀、一种信仰。于是我在小说中设计了这样一位钟表师傅,他很年轻,是外地人,他以外来者的身份观察岭南文化,以年轻的心态传承古老的技艺,碰撞出奇特的火花。小说里重点想写出传统手工技艺在当下的传承,他们所进行的技艺革新、展现的工匠精神。我在长期的非物质文化遗产保护工作中,对于"非遗"中的手工技艺类有很深的情感体认,深知掌握一门手工技艺,需要多年的积累,年复一年地磨练匠心,需要精神上的专注与严苛。以此为题材进行小说创作,也成为一种新的角度,让我可以不断去接近传统技艺的本源。

传统手工技艺具有大量的技艺特点和形态样式,蕴含了人们在劳动中创造的感性、理性的文化信息。我在写关于戏服的小说时,曾经了解到广式戏服具有绣工精细，色彩富丽的特点，这与广式绣品曾作为装饰品远销欧洲有关。而广钟制造技艺也体现了岭南方化经世致用、兼收并蓄、设计创新的特点。广钟造型多以寓意吉祥的器物为主，如葫芦、宝瓶、宝塔等；装饰技法上广泛采用广珐琅、西式油彩绘画、木嵌螺钿等广式特色工艺，结合铜鎏金錾花、彩色料石镶嵌、珠宝镶嵌、木雕、玉雕、牙雕等；广钟的内部机械结构非常复杂，并在活动机关上大做文章，以活动人偶、水法、行船、转花、滚球、变换文字、音乐鸟鸣等复杂联动的演示功能为特色，既吸取了西方钟表的复杂原理，又融入了东方工匠的精细手艺和新颖构思。

手工艺是承载地域文化的绝佳例证。"广州钟表的内部机芯结构也相当复杂，因为工匠们受西方钟表的影响颇多，不仅吸取了西方钟表的复杂原理，利用多盘发条作为其动力源，具备了西方钟表走时、打点与奏乐的功能，而且也融入了自己的新颖想法与构思，加入了一些特殊的表演功能。"（亓昊楠：《走近时间记忆——广州钟表》）广钟所呈现的技艺特色，说明在不同文化交流与互动中，岭南文化体现出强大的包容能力，岭南文化具有开放、兼容、创新的海洋性文化质地。

在掌握了大量历史材料的基础上，我开始进行创作。我祖籍广东，爷爷、奶奶都是在抗战期间，为避战乱，从广东一路逃难到广西。我爷爷、奶奶的家族都很庞大，在我小的时候，奶奶常跟我讲她家里的故事，我想这缘自一个来自遥远地方家族的文化底蕴。我的奶奶一生豁达、乐观，说到年轻时的颠沛流离，她总是淡然一笑。我听奶奶讲家族里各房亲戚的命运，听得津津有味，一直很想以文学的方式记下来。从某种意义上来说，写作是一种精神上的还乡，是一份情感的寄托。

那些逝去的祖辈的面目，感觉已经十分遥远，他们仿佛幻化为一个个时间上的坐标，只剩下几个关键的年份：生卒年、娶妻生子的年份、重大变故的年份。普通人的一生往往用几个时间点就能交代清楚。然而时光流淌中，也还是可以看到一个人的成长。一个人的成长总要经受时代的淬炼——战争、解放、公私合营、改革开放，个人命运与家国命运紧密相连。我用一座自鸣钟串起形形色色的人生，探讨个人命运与时代变迁的关系。

这部小说涉及了时间的维度。从一家三代的变迁，由钟表的故事引申至对时间的思考。我想对于每个人来说，总会感觉小时候时间过得特别慢，一天能干很多事。年纪越大，会觉得时间过得越快，工作以后，除了上下班，就只剩吃饭、睡觉的时间。而人到了老年以后，一天的光阴倏忽而逝，突出的感受只有四季的冷暖交替，于是老人家总爱感慨：不知不觉，一年又过去了。

我在这部小说里安排了许多伏笔和呼应，三代人的故事环环相扣，它们仿佛齿轮一样严丝合缝。书里的每个人都能在上一代人或上上一代人中找到对应，一些物品跨越了时间或空间而存在，成为人类活动的自然见证。这是我对广钟技艺的另一种致敬，三条故事线互相叠加，时间是度量人和物运动的尺度，而钟表是衡量时间的尺度。一些人物成为另一个人物的影像，每个物品和情节交错的点，又反过来映证了时间的持续性和顺序性。

这部小说里包含着历史的流转，也包含了文化的冲突与叠合。我特别记录了现在的人过冬至、端午的具体场景，思考传统文化在时代变迁中经受的冲突与考验。在饮食上，我择取了本地的许多菜式进行记录，记录了鸡鸭鱼肉、水果、茶叶等朴实平凡的日常食物，描写普通人家的一日三餐，用缓慢的节奏、精细的笔法讲述，以此表达对岭南饮食习俗的尊重与喜爱。

如今，广式自鸣钟制作技艺有了新的发展。广钟传承人们走进技工学校，以师徒式教学的方式，培育更多的技艺传承人，故宫馆藏广钟的研究与复刻工作也在持续不断地推进中。那些古老而又华丽的古董自鸣钟，它们本身就是历史的源远流长和文化的交融创新的象征。近年来，非物质文化遗产保护工作更注重传承与革新，如何走进现代生活，而不只是停留在非物质文化遗产保护名录上，让尘封已久的文物重新焕发生机，这是对于广钟保护来说需要深度思考的问题，广钟背后的故事与钟本体一样动人。我希望广钟制造与修复这门传统的手工技艺，在历经沧桑，穿越时代的风云之后，仍能流传下来，最重要的是其中所体现的审美意识、文化记忆，仍能不断被继承、传扬。

故事讲到最后，钟修好了，往昔的恩怨纠葛也烟消云散了。我感觉自己仿佛经历了好几个世纪，跟着年轻人、老年人一起快乐，一起悲伤。这是一个关于钟表的故事，也是一个关于时间的故事。它本身就像一座精美别致的古董自鸣钟，"当当"地发出了悦耳的打点声，等待你走近，等待你品读。